我的愛人

土岐 傑
TOKI SUGURU

幻冬舎 MC

我的愛人
ウォーターアイレン

献辞

我的愛人の節子へ、七十六回目の誕生日にこの書を捧げます

二〇二二年十二月二十九日

目次

第一章　靖男からの手紙

今から十五年前。

「千代子さん、今晩は。皆元気ですか？　葉月はこの春から中学生だね。卯月、学校は楽しいかい？　弥生、もう一人で寝るようになったかい？　皆でお母さんのお手伝いをして、お父さんが帰るのを待っていてください。

ここからは、詳しくは言えないが、今、僕は、北部戦線の参謀本部にいます。第一線の戦場から距離があるので、割と静かです。戦場からの手紙は厳しく検閲されるので、この手紙が千代子さん、貴女に届く事はないでしょう。この手紙は背嚢《はいのう》の奥にしまっておく事にしました。別便で当たり障りのない事を書いた手紙を送ります。それで我慢してください。

故郷からこの北部戦線に来るまでの道のりは、のんびりしたものでした。特に参謀本部は高級将校が多いので物資も豊富です。僕の任務は、暗号解読と通訳です。敵側が発した暗号を読み取り、それを参謀将校に伝える役割です。いつまでこの戦いが続くか分かりませんが、必ず無事に貴女の元に帰ることを約束します。可愛い三人娘によろしく」

「故郷を離れてから二週間経ちました。戦線は膠着《こうちゃく》状態です。遠くの方で大砲の音が聞こえます。味方の大砲と、敵の大砲では音が違うのですよ。参謀本部は第一線から遠いとはいえ、緊張感は高まっています。敵の斥候兵を見かけたこともありました。その斥候兵は銃で撃たれて死んでいました。参謀の将校は『なぜ殺した。生け捕りに出来なかったのか』と銃を撃った兵隊を怒っていました。その斥候兵から敵の情報を得ようと思っていたのです。敵の捕虜を尋問するところを見たことがありますが、それは激しいものでした。次にその将校は僕に『所持品を確認せよ』と命令しました。敵がどんな状況にあるかを調べるためです。僕は、死体を見るのは初めてです。その兵士は、背中に数発の銃弾を受けていた。傷口は大きくさけ、骨が見えます。僕は思わず吐き気がして、側の木の根元に行き、嘔《おう》吐《と》しました。参謀将校は僕を殴りつけ『さっさと、所持品を改めろ』と命令しました。とても逆らうことは出来ません。うつぶせに倒れている兵士を仰向けにさせました。胸には穴が数箇所開いています。貫通銃創です。兵士の顔は苦痛にゆがんでいます。まだ若そうで二十四､五くらいです。顔はやせ細っています。僕の手はぶるぶる震え、思うように動かせません。上着のボタンをはずすなどとても出来ない。ボタンを引きちぎって内ポケットに手を入れました。ポケットには若い女性の写真と、未投函の手紙がありました。恋人だろうか、新妻だろうか、写真は素敵な笑顔です。でも、もう顔を合わせることは出来ません。明日は我が身かもしれないと恐ろしくなりました。手紙は翻訳して将校に提出したけど、写真はこの手紙と一緒に隠しておくことにしました」

「敵の斥候兵を殺してから三日経ちました。状況は悪くなるばかりです。後方から送られてくる食料品に不良品が混じるようになっています。ひどい時は缶詰に砂が入っている事もありました。なぜ、こんな事になったんだろう。参謀将校は『業者が手抜きをしているんだろう。それで大儲けしている奴らがいる。偉い人たちは見て見ない振りをしている。どうせ業者から賄賂を取っているんだろう』と憤っていました。日頃威張り散らしているいけ好かない奴ですが、説得力があります。戦いはいつまで続くんだろう。小規模な接触戦は、毎日です。参謀本部の建物も敵の砲弾で破壊されました。僕は外で塹壕掘りに駆り出されていて、危うく難を逃れました。しかし、同僚が数人戦死したようです。詳しい事は知らされません。明日からは塹壕の中に仮の小屋を作りそこを参謀本部にするらしいです」

「食料がめっきり減りました。肉類は何日も口にしていない。ところが今日はちょっぴりだが鶏肉の配給があった。やせていて、硬い肉だが、塩をふりかけ食べた。食べた後、どこから手に入れたか気になり、輜重《しちょう》班にいる親しくなった兵に聞くと、『近在の農家に行って調達した』と言っていた。『調達？』。そんな生易しいものではなさそうな口ぶりだった。

『農家の人は鶏を分けてくれたの？』と聞くと、

『いや農家の人は、後方に避難している。鳥小屋に逃げ遅れた鶏がいた。えさも与えておらず、それでこんなに硬い肉になったんだ』

『えっ、それじゃ泥棒と同じじゃないか』

『ばか、そんなことを言うな。将校に聞こえたらえらいことになるぞ。戦争ってこんなもんだ』
突然近くに敵の砲弾の破裂する音がした。塹壕に飛び込み、身を小さくして、砲声が止むのを待つしかなかった。戦いが本当に目の前までやってきている。
でも心配しないでください。僕は神様に守られている。必ず生きて貴女の元に帰るからね」

「塹壕の中は地獄です。土壁から薄汚れた水が染み出し、その水が塹壕の底に溜まっている。足はひざ下まで水につかりビチョビチョ。とにかく寒い。外の様子を探ろうと塹壕から首を出すと、すかさず銃弾が飛んでくる。僕の周りでも銃弾に当たった者は多い。即死でなくとも、傷から黴菌《ばいきん》が入り、傷口がただれる。看護兵はいるが、そもそも薬がない、ただ傷口をあらって包帯を巻くだけだ。すぐ側でうめき声がする。声の主はこの前線に来てから親しくなった岩手山県の百姓の青年だ。前に話した輜重兵だ。だけど僕にはどうにもしてあげる事が出来ない。ああ、うめき声がしなくなった。亡くなったのだろうか。もうこれ以上耐えられない。逃げ出したい。助けて欲しい」

「ふと、静かになった。おそるおそる塹壕から首を出しても銃弾は飛んでこない。味方の応援部隊が駆けつけたらしい。馬の嘶《いなな》きが聞こえる。我が国が誇る騎兵大隊だ。塹壕からよろよろと出た兵隊は、僕も含めて皆うつろな目をしている。生き残っていることが信じられないのだ。応援部隊の隊長の命令で、生き残りの者が整列させられた。各人の傷の程度、消耗具合が確認される。消耗の少ない者は、ひと塊となって、隊長の前に集合させられた。隊長が訓示をしている。しかし、何を言っているのか理解出来ない。立っているのも辛く、ひざを突く者が多い。僕もひざを突いた。しばらくして号令がかかり後方へ移動する。輜重隊がいた。暖かい湯気を立てているスープが配られた。皆飛びついてむさぼり食った。だが、余りの空腹でのどを通らない。小休止の命令が出された。皆その場で崩れ落ち、座り込んだ。やっと生きているという実感が戻ってきた。そこここでむせび泣きが聞こえる。気付くと僕も、笑いながら、泣き声をあげていた。千代子さん、安心してくださ い。僕はまだ生きています。絶対生きて帰ります。娘たちと待っててください。

休憩が終わると、集合させられ、スコップを持たされた。塹壕の補修と拡張工事だ。その前に、塹壕の周囲の死体を弔う仕事が残っている。死体は見渡す限り無数に散らばっている。どれも泥水にまみれ、頭が吹き飛んだ者、腕が千切れた者、元の形が見分けのつかない者、見るに堪えられない。ここは戦場です。敵か味方かが判別出来ない。味方は丁寧に、敵は雑に処分するよう命令されたが、もうどうでも良くなった。もうここには、敵も味方も区別はない。あるのは死んだ者と生き残っている者だけだ。しばらくすると、敵が反撃に来るとの知らせがあり、死体をうずたかく積み上げ、ガソリンをかけ火をつけた。そして慌てて退却した。もう沢山だ。千代子さん、助けてください。殺されるのは嫌だ。殺すのはもっと嫌だ」

「後方部隊に回され、体力回復を待っている。体力が回復したら、また最前線に送られる。激戦を生き残った勇士として、苦戦している味方を応援することが期待されている。正直また前線に行くなんて御免だ。何のために戦っているのだろう？　兵隊の中にはそう考えている者もいるが、おおっぴらに話す事は出来ない。三ヶ月前にこの部隊を志願し配属された時は、戦いの目的ははっきりしていたと思っていた。いきなり我が領土に攻め込んできた非道な敵から、国を守るためだと信じさせられていた。任務も暗号解読ということで、危険は少ないと言われていた。それは嘘だ。死んだ敵の偵察兵を見ると、まだ若い。彼らは何を信じさせられてここまで来たのだろう。戦争で誰が喜ぶのだろうか」

「国境の川を超えて、敵国領内に入った。勇敢な同胞たちの力のおかげだ。しかし、嫌なものを見た。占領した村の裏に小高い土塁がある、戦闘のとばっちりを受けた村人たちを葬った墓だという。墓とはいいながら、数十人の村人が、まとめて葬られている。土塁の前に老婆がいた。体を震わせこちらをにらみつけている。大声で『ここに、私の夫がいる。娘もいる。そして孫も。彼らは何をしたと言うの。娘はお前たち兵隊に犯され、子供の目の前で殺された。お前たち、みんな地獄へ行け』

こんな光景があちこちで見られた。信じられない。我が国の勇敢な兵士がそんな事を？　でも、こんな光景は一箇所や二箇所ではない。罪を犯した兵隊は、自分の村ではどんな生活をしていたのだろう？　敵側の兵隊も同じことをするのだろうか？　もう、何も信じられない」

「朝早く、大きな音がした。敵の反撃らしい。皆、銃を持った。銃弾が前方だけでなく、右からも左からも飛んでくる。僕の左にいた兵隊が突然倒れた。胸に大きな穴が開いている。その穴から血が流れている。大砲の音もした。頭上をうなりをあげながら砲弾が後方の陣地に飛んでいく。ひたすら身を小さくして、戦闘が終わることを願った。

突然静かになった。気が付くと周りは敵の兵隊ばかりだ。ひげ面の大男が前にいた。大男の前に捕虜全員が並ばされた。捕虜の武装は解除され、大男は銃をひとつひとつ確認していく。僕の銃が確認された。すると大男は不思議そうな顔をしてこれは誰のかとたずねた。

『私のです』。私はおそるおそる答えた。

『発射した跡がない。撃ったことはないのか?』

『はい。ありません』

『なぜだ?』

『怖かったのです。銃を撃つことが恐ろしいのです』

『敵の攻撃があるのだぞ。殺されるのだぞ。殺されるより恐ろしいのか？』

『はい』

『なぜだ？』

『私は臆病だからだと思います』

『兵隊になる前は、何をしていた？』

『中学校で数学を教えていました』

『数学ってなんの役に立つのだ？』

『例えば、向こうに見える大きな木の高さを、ここで測ることが出来ます』

『そうか。面白いな、なんか役に立ちそうだな。ではお前はあちらの小屋の前へ行け』

千代子さん、僕は小屋の前のグループに集められました。これからどうなるのだろう、とても不安です」

「翌日、僕たちグループ、二十人くらいは、駅まで行進させられ、待っている貨車に乗せられた。どこに行くのだろう。不安ばかりが募ります。分厚いコートを支給されたが、覆いのない貨車で揺られていくと、とても寒い。水浸しの塹壕の中も寒かったが、これからの不安がさらに寒さをこらえきれないものにしていた。二日ほど経ったろうか、山の中腹の駅で降ろされた。そしてまた行進。平地ではなく坂道を登っていく。目の前に太い丸太で周囲をかこった一角があった。中には、同じく丸太で作られた小屋があり、全員その小屋に入れられた。

しばらく休憩したあと、粗末な食事を与えられた。粗末と言っても塹壕の中で食べたものよりましでした。

途中で、例の大男に呼ばれ『通訳をしろ』と言われた。大男の言う事はおおむね次のようなことでした。

『ここは石炭の鉱山だ。今度の戦争で工夫が駆り出され、人手不足になっている。お前たちは工夫として働くのだ。俺が、お前たちの監督官だ。お前たちは運が良い。他のグループより少しはましな待遇を受けられる。何よりも俺の言う事を聞け。開放されるのはいつになるのかは、俺にも分からん。分かっているのは、ここから逃げようと思っても無駄だということだ。あそこにいる犬が必ずお前たちを見つけ出す。見つかったら最後、犬のえさになると覚悟しておけ。飯が終わったら今日は寝ておけ。明日から重労働が待っている。寝具は足りているはずだ』

確かに寝具はあったが、ひどく汚れていて、匂いがたまらなかった。だが、昼間の行進の疲れが、深い眠りをさそった」

「朝、目を覚まし、整列させられた。粗末な食事をとり、坑道へ向かう。坑道の奥で鶴嘴《つるはし》を使い石炭を掘り起こす。石炭をトロッコに入れ、外に運び出す。途中二回の休憩はあるが、こんな作業が夕方まで続く。行進して坑道の外に出る。夕焼けがやけに美しかった。冷たい水でシャワー。シャワーがあるだけ塹壕よりましだと思った。食堂に集まり、塩辛いスープとカチカチの黒パン。行進して割り当てられた丸太小屋に向かう。丸太小屋の入り口は無骨な鍵で施錠される、皆泥のように眠る。これが来る日も来る日も続く。十日に一回、休みの日がある。捕虜はそれぞれ囚人服を洗濯したり、体を休めたり、お互い故郷の話をする。十日に一回の休養日があるだけ、例の大男が言ったように、他のところよりましだ。

大男と時々話をする。通訳をしているおかげで、話すことが多い。名前は〝シェンマオ〟という。漢字で書くと〝熊猫〟らしい。熊のように獰猛《どうもう》で猫のように敏捷な、神話の聖獣とのことだ。僕の名前は〝靖男〟、穏やかな男という意味だと言ったら笑っていた。年は三十三歳、僕より五歳若い。未婚だそうだ、故郷に可愛い妹がいるそうだ。写真を見せてもらった。驚いた、見た事がある。あの斥候兵が持っていた写真の少女だ。背嚢の奥から取り出して、シェンマオに見せると、彼も驚いた。どうして手に入れたかと聞くので、正直に答えた。斥候兵は同じ村の青年で、弟のように可愛がっていたと言い、無言になった。ひげ面の中に涙があった。写真をシェンマオに手渡した」

「この鉱山に送られてから一年が経った。シェンマオは、命令を受けて戦場に戻ることになった。シェンマオの後任は目つきの鋭い、背の高い男だった。陰湿な男で、捕虜の待遇は徐々に悪くなった。坑道で働く時間が長くなった。その分出炭量は増え、上司にほめられたそうだ。無理な労働がたたり、病気になる捕虜が出始めた。待遇改善を訴えても聞く耳はない。ひたすら成績を上げることにしか興味がなく、抵抗するとさらに待遇が悪くなる。出炭量が少ない捕虜の食事が減らされた。これで体力が落ち、出炭量が減る。悪循環だ。この監督官と捕虜との間に立つ僕の立場は急激に悪くなった。衰弱で死亡する捕虜も出始めた。丸太小屋の山側の一角に穴を掘り、仲間の捕虜と一緒に弔った。一人、二人、三人、死者は増える。出炭量は目に見えて減り続け、監査が入った。監督官は解任され、戦場に追放された。捕虜の待遇は元に戻ったが、一年間の酷使で体力が落ちている。病人が増え始めた。僕も間単に風邪をひく。熱が下がらない。食欲もない。

千代子さん、もうすぐ僕はこの過酷な環境から開放されるようだ。

思い出す、千代子さんと初めて会った時のこと。思い出す、千代子さんと住んだ小さな家。

思い出す、可愛い娘たち。思い出す、あの美しい山、川、谷。

千代子さん、悲しまないでください。お別れです」

靖男が国境防衛に志願して一年半後の秋であった。北の大地は紅葉に色づき、錦秋の衣が靖男の体を覆った。

それから半年、両国で停戦協定が結ばれ、双方の捕虜が次々と故郷に帰ってくる。千代子の元には、あの背嚢だけが届けられた。

千代子は背嚢を見つめる。何も言わず。ただ見つめる。背嚢の奥に隠されていた手紙の束を手に取った。しわくちゃになった手紙を、丁寧に手で伸ばしながら読み始めた。最後の手紙を読み終えて、ふっと息を吐いた。口から嗚咽《おえつ》が漏れる。もう一度、最初から最後まで、読み進める。何度この動作を続けたろうか。窓の外が明るくなり出した。千代子は手紙を再度いつくしむように手で伸ばし、油紙に包んだ。

第二章　三郎の帰郷

松の林にそった細い街道から、男が出てきた。男の前は林がとぎれ、眼下に田畑が広がっている。収穫を待つ麦が穂を天に突き上げている。小さい鳥が空高く飛んでいる。

男は林の切れ目の岩の上に腰をおろした。薄汚れた手ぬぐいで顔をぬぐい、息を吐く。腰につけていた水筒から水を飲む。その顔は満足げだった。

やっとここまで来た。あの畑地の先の集落が男のふるさとであった。懐かしい人がいるはずだ。父も母も、兄弟も、そして言い交わした幼馴染も待っているはずだ。あと一刻ほども歩けば集落に着くだろう。男は、ここ四年ほどの苦労を思い出した。この林の切れ目から東に二週間ほどの旅を続ければ、彼が四年過ごした都〝大京市〟がある。

もちろん、都から列車を利用すれば、六時間ほどで故郷に帰ることが出来る。しかし、この男は卒業記念に、あえて四百年前に整備されたといわれる古街道を旅することにした。

男の名前は三郎といった。三郎はその四年間に経験した事を懐かしく思っている。

三郎はその都の大学で学問に励んだ。修めたものは法律と教養課程での経済学概論などであった。学生時代は楽しいものだった。いく人かの友も出来た。友の中には、才気活発な女学生もいた。名前は弥生（やよい）、名前の弥生のように匂いたつ春の木々を思わせる、立ち姿の美しい女性である。

この時代、大学で学ぶ女性はそう多くはない。彼女の修めているのは歴史である。男子学生の多くは、彼女の存在を必要以上に意識していた。三郎も、他の友人と同じように、彼女を意識していた。しかし、どこか及び腰であった。

一つは、自分の風采に自信がなく、事実背は高いものの、田舎出身ゆえの野暮ったさを自覚していた。もう一つは、故郷で待つ幼馴染の存在だった。

弥生自身、自分の魅力をよく意識していた。

周りの男性が自分に魅かれるのは、ごく自然なことだと、ひそかに思っている。

なぜか一人だけ距離を置く男がいた。三郎だ。三郎の振る舞いは、弥生の自尊心を傷つけた。なぜ、他の学生のように、私の前にやってこないのか？　そう思いながらも、なぜ三郎に拘るのかが弥生には解せなかった。

それでも、授業の合間には、二人で喫茶店に行き、話しこむこともあった。

「ねえ、朝の授業は何だったの？」

「刑罰論です」

「なに、それ？」

「刑罰はなんのために下されるのか？　刑罰の目的はなにか？　こんなところですよ」

「ふ〜ん、それでなんのために刑罰を下すの？」

「いろんな考え方があります。一つは因果応報説。悪い事をしたら悪い報いを受ける」

「その考え方は分かりやすいね。それから？」

「犯罪を事前に防ぐため。つまり、こんな事をやったら、罰を受けて、割りに合わないよと、思わせること。この場合は罰が厳しければ厳しいほど効果的だと考えられる。それで大勢の人の前での公開処刑が有効だと考えられていました」

「なんか、イヤだね。公開処刑なんて。それで公開処刑すると犯罪は減るの？」

「いや、そうとも言えない。歴史を見ても、公開処刑は色々な国で行われていた。それでも犯罪は減らないことが証明されています。あっ。貴女は歴史専攻でしたね」

「そうだよ。歴史は面白いよ。それで、犯罪が無くならない理由は？」

「貧困かな。暮らしが苦しければ、悪事に手を染めたくなる。事実、貧しい国や地方では、犯罪が多い。それと、教育かな。充分な教育を受けて、知識を得て、それを活用する事が出来れば、貧困から抜け出せるはずです」

「それは言えるかもね。それは分かるけど、刑罰とどう関係するの？」

「罪を犯して刑に服す人には、充分な教育を受けられなかった人が多い。そのような人を、刑期が終わったからと言って、そのまま釈放したら、満足な職に就くことが出来ず、また貧困になり、再び犯罪を犯すことになる」

「それもよく分かるね」

「それで、刑を受けている間に、職業訓練などをして、生活手段を与えることを目的とする考えもあります。特に少年犯罪の場合はこの考えを忘れてはならないんですよ」

「それで、三郎はどの考えが正しいと思っているの？」

「それが分からないのです。充分な教育を受けて、生活に困らない人でも、犯罪に手を染める人もいますね」

「それも分かる。随分難しいんだね。ふ〜ん。ところで、三郎、あんたどうしてそんなに丁寧な口のきき方をするの？　なんか水くさい気がするよ」

「……う〜ん！　性分だから」

「あっ、もうこんな時間だ、出ようか？　次に会う時は三郎の故郷の話をしてね。こんな難しい話じゃなくて」

「貴女の話も聞きたいですね」


二人は、喫茶店を出た。歩いていると、目の前に学生会館ホールがあった。ホールでは、運動クラブ主催のダンスパーティの準備が進んでいた。運動クラブの活動資金集めのパーティだ。

「お～い、弥生、どこに行くんだ？　今日は野球部主催のパーティだよ。弥生も来るんだろ？」

「もちろんよ。至（いたる）、忙しそうだね」

「うん、設営担当だからね。ところで、誰と行くんだ？　決まっているのか？　まだ決まってないなら、俺とではどうか？」

「残念でした、もう決めてるの。別の彼女を探しなさい。野球部のエースなら、困らないでしょ」

「分かった。じゃ会場でね」


「至君、何か楽しそうだね」

「三郎はどうするの？　ダンス行くの？」

「行きたいけどダメだな。相手がいないし。ダンスなんかフォークダンスしか知らないし」

「ね、三郎、私と行こう。さっき決まってると言ったけど、まだなんだ。至にあんな事言ったけど、まだなんだと知られたら悔しいじゃんか」

「悔しまぎれに僕とですか？」

「何言ってるの。三郎は背が高くて、あたしと組んだら背格好も丁度良くて、素敵よ。あんた、自覚がないだろうけど、かなりいけてる方だから」

「どんな格好して行けばよいのだろう？」

「いつもの格好でいいよ。ただしワイシャツはアイロンあてておいてね。じゃ、決まった。パーティは六時からだから、私は一旦家に帰って、五時半には学校の正門前で待ってるね」

「はい！　弥生、そんなところで何してるの？　パーティ行かないの？」

「あら、玉枝。もちろん行くけど、まだ彼が来てないのよ。いらいらするな」

「へ～、そうなんだ、あっ、来た。はい！　至。遅いよ」

「すまん、設営に手間取って。あれ、弥生、何してる？」

「いいから、いいから。彼氏を待ってるんだって。先に行こう」

「弥生、もしかして向こうから来る背の高いの、待ち人じゃないの？」

「やっと来た。遅いぞ」

「ごめんなさい。いつもと雰囲気が違いますね。そのブラウスの色も素敵ですね」

「ありがとう。春の色、弥生の一番好きな色なんだよ。さ〜、行こう」


「わっ！　こんなにいる！　三郎、何してるの、早く踊ろうよ」

「ちょっと待って。これ何の曲？　随分調子がいいね」

〈チャチャチャン　チャチャチャチャン　チャチャチャチャチャ　チャチャチャチャン……〉

『『茶色の小瓶』って曲よ。体が勝手に動きそうになるでしょ。踊りながらホールの真ん中まで行こう。ほら、見て。みんな私たちを見ている。至なんか、口をあけて。どう、楽しいでしょ」

「楽しいけど足を踏みつけるんじゃないか心配で」

「気にしない、気にしない」

「疲れた、少し休んでいいかな」

「えっ、もう?」

「踊り足らなかったら、他の人と踊ってもいいよ。僕は一休みするからね」

「じゃ、そうする。見ててね」


「ああ、楽しかった。三郎はどうだった?　私たちのラストダンスも割と上手く踊れたね」

「楽しかったよ、本当に。それでパーティが終わったらどうするの?」

「そうね、何か軽く食べて。あっ、そうだ。銀天街の中に、美味しいカレー屋がある。あそこのドライカレーは美味しいんだ。そこに行こう」


「ね、美味しかったでしょ」

「こんな美味しい店があるなんて知らなかったな」

「もう遅いから市駅まで送っていって。電車で家に帰るから」


「三郎、今日は本当にありがとう。無理に付き合ってもらって」

「無理なんかしてないよ。楽しかったよ。本当だよ」

「ちょっと目をつぶって、少し横を向いて」

三郎のほほにキスをする。

「じゃ、お休み」

弥生は電車に飛び乗り、手を振っている。


翌日、階段教室。歴史概論の時間だった。人気の篠崎教授の時間だ。

「さて、歴史を学ぶ意味はどこにあるのかな?」

「昔ある学者がこんな事を言った。『大きな社会の動きのみが歴史ではない。歴史は、誰にでも、どこにでも、なんにでもある』『歴史家の役割は過去を愛することでもなく、自分を過去から解放することでもない』『歴史は、現在を理解する鍵で、そして未来を導くためにある』。篠崎教授はこんな風に話した。

三郎は、自分の専攻とは関係ないが、多分弥生がいるだろうと思って、教室に入って、一番後ろの席に着いた。

「昨日の出来事は何だったのか？　昨日は過去だ。過去を解き明かすことは、未来を見ることになるはずだ」。こんな事を考えていた。

弥生は三郎の席の二列前にいた。しごく真面目な顔をしている。

声をかけようかと躊躇《ちゅうちょ》している間に、篠崎教授の講義は終わった。

弥生は満足げな面持ちで振り返る。目線の先に三郎を認めて、少し驚いた様子だった。

「三郎、どうしたの？」

「弥生さんに会えるかなと思って」

「わっ！　うれしい。時間ある？　講義はないの？　じゃお茶を飲みに行こう」

正門前の喫茶店は避けて、少し離れたところにある、ちょっと大人びた雰囲気の喫茶店に入った。

「うれしいな。で、何か用？」

「うん、昨日の事は何だったんだろうと思って、貴女が何を考えているか聞きたくて」

「そんな事忘れなさいよ。私が正直な気持ちを言うわけないでしょう。それより、約束どおり、三郎のことを話して。故郷はどんなところ？　この大学に来る前は何をしていたの？」

「僕の故郷は、ここから西に歩いて二週間ほど離れた、静かな農村です。決して貧しくはないが、裕福と言うほどでもない、平凡な村、平凡な家族に生まれた。だけど、景色には恵まれていた。友達もいっぱいいいた。幼馴染の女の子もいる。僕は田舎の子供にしては成績も良く、村の期待を背負ってこの大学に来た」と言った。

「ふ～ん。うらやましいな。そんなに綺麗な故郷があるなんて。おまけに幼馴染の女の子まで。どんな子、可愛いの？」

「可愛いよ。でもまだ十七歳。高校二年生なんだ。僕がこの学校に来た時は四年前だから、その時はまだ十三才。十七歳になったらどんな風になってるか、会うのが楽しみですよ」

「うらやましいな。故郷があるって。私なんか、生まれも育ちも、ここ大京市よ、それも都心から離れた湊町。それで三郎、あんた卒業したらどうするの？」

「故郷に帰って県の職員になる予定、一応試験は受かっているから。でも仕事の内容はまだ決まっていない」

「ふ～ん、幼馴染とはどうするの？　結婚するの？」

「多分。三、四年して仕事にも慣れた頃になるだろうな」

「そうなんだ。だけど少し悔しいな」

「昨日も悔しいって言ってたね」

「……。来週の月曜日、三月三日。なにか予定ある？　なければちょっと付き合ってよ。大京市でも、私の好きなところがあるんだ。案内してあげる」

「どんなところ？」

「私の家のすぐ裏山。山と言っても丘みたいなところ。静かなところで海が見えるところ」

「分かった、何時にどこに行けば良いですか？」

「午前十時半に、湊町駅の改札口。市駅からだと三十分かかるよ。弁当は私が用意するから、手ぶらでね」


三月三日、湊町駅。弥生が待っていた。空は晴れて空気は暖かかった。

駅を出て、海とは反対側の山の方に歩き出す。途中に小さなお寺がある。山門の横から、お寺の裏山に向かう。人家は途切れた。道の途中から右側は石垣が続いている。左側に海を見おろす。右の石垣の上には黄色い小さな花、そして淡い桃色の花。桃色の花に小鳥がやってきている。薄緑色の体に、目の周りが白い。しきりに花の中に嘴《くちばし》を差し込んでいた。

見晴らしの良い場所に出た。丁度すわり心地の良さそうな石が並んでいた。

「ここでお弁当にしよう。美味しく出来たかな？　格好はちょっと不細工だけど」

「いや、なかなか綺麗だよ。黄色い卵焼き。海苔巻き。どれも美味しそう」

並んで食べていると、下の方から小学校のチャイムが聞こえる。小学校もお昼の時間に違いない。

「美味しいね」

「良かった。ねえ、今日なんの日か知っている？」

「三月三日だろ」

「実は弥生の日。私の誕生日。今日で二十歳。今日からお酒も飲める」

「そうか、気付かなかった。僕は鈍感だからな。知ってたら何かプレゼントを持ってきたのに」

「ねえ、ちょっと石の前に立って、こっち向いて。そして目をつぶるの。つぶったら私は石に上に立つ。いいって言うまで目を開けたらダメだよ」

唇を重ねる。

「もういい。目を開けて。何びっくりしているの」

「僕初めてだから」

「そうだと思っていたよ。三郎のファーストキッスね。素敵な誕生日プレゼントだったわ。もう、三郎が故郷に帰って、可愛い人と結婚しても、悔しくない。ファーストキッスを奪ってやったんだから。でもその人に言ってはだめよ」

いきなり三郎は弥生を抱きあげ、今まで弥生が立っていた石の上に腰をかけた。弥生は三郎のひざの上で、おとなしく抱かれていた。弥生は両腕を伸ばし三郎の首にかじりついた。

また、唇を重ねる。

しばらくすると、下の小学校から鐘の音がした。昼休みが終わったらしい。

「そろそろ帰ろうか。素敵な誕生日をありがとう。貴方との素晴らしい思い出。貴方は卒業したら、忘れちゃうだろうけど」

「〝三郎〟が〝貴方〟に変わったね。それも含めて、僕はとても忘れられないよ」

三郎はそんな事を思い出していた。


充分休憩をとれた。三郎はゆっくり立ち上がり、街道をたどって麓の方に歩いていく。緩やかな坂道だ。扇状地で水はけも良い。果樹畑が続いている。まだ春も浅いため、葉は枯れ落ち、芽吹きを待っている。

どんどん歩いていると遠くで犬のほえる声が聞こえてきた。見慣れた風景だった。もう夕刻だったので、畑に出ている人はいない。目の前の家の煙突から白い煙が昇っていた。扉の前に立つと懐かしい声が聞こえ、美味しそうな匂いがする。

扉を開く。「ただいま！」

部屋にいた三人がこちらを見た。そして大声をあげ、「お帰り！」

「サブ兄、お帰り！」。弟の四郎だ。

「疲れたろう。腹は減ってないか?」。父親の太い声が聞こえた。

「さあ、そんなところに立ってないで、いすに座りなさい」。やさしく抱きしめたあと、母親が食事の用意をする。「今日帰ってくると分かってたら、もうちょっとご馳走を用意するんだったけどね」

「ううん、いつもの我が家のご飯が一番だよ」

「食べながらでいいが、道中はどんな具合だ？　なにか変わったことは無かったか？」と父親が尋ねた。

「そうですね。お父さん、厳美宿ってご存知ですか？」

「うん、知っている。都に上る街道の丁度中間点にある美しい渓谷があったな。それがどうした？」

「四年前、大学に行くための道中でそこを通って随分美しいところだなって記憶してたんですが、今度帰ってくる途中に通りかかったら、随分印象が違っていました」

「ふん。どんな風に？」

「渓谷も水が少なくなって、宿場の雰囲気が寂しくなっていました。宿場の人も、宿泊客が減ったってぼやいていました。それも、ここ一年のことではなくて、数年前からその傾向が続いていたそうです。原因がはっきりしないので、なおさら心配していました」

「そうか、それは、ここ島本県の山の方でも山の緑が元気ないって、樵《きこり》が言ってたな。ところで仕事はいつ始まるんだ？」

「四月に入ってからです。あと五日ほどあります」

「それまで、どうする？」

「出来るだけ島本県を見ようと思います。それに友達とも会いたいし」

「そうか、まあ、ゆっくりしなさい」


翌日、三郎は母校を訪ねた。グラウンドでは、サッカー部が練習している。春の合宿だろう。

サッカーを見守っている中に、一人の少女を認めた。幼馴染の桃花（ももか）だ。

「お～い。桃ちゃん。元気そうだね」

「あっ、三郎兄さん。久しぶり。いつ帰ったの？」

「昨日だよ。桃ちゃんのご両親も皆元気に過ごしていらっしゃるかい？」

「うん、皆元気だよ。三郎兄さんが帰ってきたと聞いたら喜ぶよ。今晩挨拶に来ない？」

「そうだね、ご挨拶に伺うと伝えといて」

その夜、桃花の家にて。

「三郎さん、よう帰った。随分立派になったように見えるね。さあ、ささやかだがいっぱい食べてくれ」。桃花の父親が上機嫌で話している。もう、大分赤い顔をして、お酒が進んでいるようだ。

「四月から仕事だな。県庁と聞いているが、どんな仕事につくのか？」

「まだ決まっていません。どこに配属されても一生懸命勤めます」

「そうか、仕事にも慣れて落ち着いたら、桃花との縁組も進めなくてはならないな」

「お父さん、ちょっと待って。私はまだ高校生よ。まだやりたい事はいっぱいあるし、そんなに急がないでよ」

「そうですよ。桃ちゃんの希望も考えなくては」

「そうだな、ま、若い者同士で相談しなさい」

桃花と三郎、部屋の隅で話し合っている。

「ねえ、三郎兄さん。都ってどんなところ。学校ではどんなことをしてたの?」

「そうだね、随分人が多くてにぎやかだけど、人がやることってそんなに変わらないよ」

「ふ～ん、ところで彼女できた?」

「いや……なんでそんなこと聞くの?」

「やっぱりいるんだ。隠したってダメだよ。だけど、私驚かないよ。三郎兄さん、優しいし、兄さんを好きになる女性がいても不思議ないと思う。それでその人とはどうなるの?」

「多分二度と会うことはないと思う」

「それでいいの?」

「……彼女はとても魅力的だし、やりたいことがあるみたい。新しい道に踏み出したはずですよ」

「私もそう。まだ何をしたいかはっきりしないけれど、自分で判断して、道を見つけたい。その中で好きな人が現れるかもしれないし」

「そうだね。桃ちゃんならきっと出来ると思うよ」

「桃ちゃん、桃ちゃんって子供みたいに呼ばないで。来月になったら十八歳だよ。高校三年生になるんだ。この一年間にやりたいことを決めるつもり」

「そうだね、何も親の決めたとおりにすることないもんね」

「分かってくれた。そんなところが三郎兄さん好きだよ」

桃花は、新しい一歩を踏み出した。

これは何だろう、三郎は考える。失恋？　いや違うな。桃花が親の元から旅立つ儀式を、優しい兄のように、祝う気持ちがした。同時に、自分自身もどこか解放された気持ちになった。不思議な感覚であった。

第三章　弥生の憂鬱《ゆううつ》

湊町駅を出ると、ちょっと寂れた商店街があった。商店街を抜けると湊に出る。商店街の中ほどの小道を左に入ると、弥生の家があった。こじんまりした二階屋だ。新しくはないが静かなたたずまいをしている。

「ただいま」と声をあげても返答はない。母親は近所の惣菜屋《そうざいや》で働いている。帰りはいつも七時頃だ。母親の帰りを待つ間に家の掃除と、ご飯を炊くのがいつもの弥生の役割だった。おかずは母親がお惣菜屋の残り物を安く買ってくる。母親の名前は千代子。弥生の上に姉が二人いる。二人とももう嫁いでいる。千代子は女手ひとつで娘三人を育て上げた。弥生は手のかからない娘で、小さい頃から母親の苦労を間近に見てきた。

父親は十五年前の大漢国との国境紛争時に志願兵として出陣している。それ以来父親とは顔を合わせていない。時々、戦地から郵便が来るが、戦場はどこかも、何をしているのかも分からない。もどかしくてならない。このもどかしさは、戦地に行っている兵士の留守家族共通の悩みだった。ただし千代子は夫の靖男が暗号解読班に配属されている、そしてその配属先は最前線ではなく比較的安全なところだとの便りを得ていたので、少し安心はしていた。

国境紛争が長引き、一年が経過した頃から、便りが来なくなった。千代子は不安でならない。が、子供たちの前では極力明るい顔をするよう努めていた。国境紛争が一旦休戦になり、ぼつぼつ戦地から帰ってくる兵隊が増えてきた。戦地からの列車が到着するたびに、駅に向かい、夫の姿を探したが、何度も無駄足になった。

国境紛争から二年目の冬、夫・靖男の背嚢《はいのう》が届けられた。背嚢を届けてくれた元兵士は、靖男と同じ捕虜収容所にいたと言う、隣の県の農夫であった。その農夫が言うには、靖男は、語学が出来ることから通訳を任され、収容所の監督官と収容者との板ばさみになることが多く、苦労していたことを話してくれた。通訳という役柄、帰還する順番はあと回しになり、他の兵より故郷へ帰る順番は遅くなった。収容所の過酷な環境で病を得て、帰還の前日に息を引き取ったと言う。

千代子は、娘たちが寝たあと、背嚢を取り出し、抱きしめ、声を殺して咽び泣いた。背嚢の中でゴソゴソ乾いた音がした。背嚢を解き、音の正体を取り出すと、靖男からの手紙が入っていた。

千代子は手紙を愛おしそうになで、しわを伸ばし、読みふけった。何度も何度も。結局手紙は小さく畳まれ、油紙に包まれ、仏壇の奥にしまわれた。このことは娘たちにも内緒にされた。

母の千代子は父・靖男の死について多くを語らなかった。

弥生には父の思い出はさほど多くない。中学校の数学の先生だと聞いていた。温厚な優しい先生だったと、昔の教え子たちからも聞いていた。

靖男は家に帰ると、必ず弥生をひざの上に抱いて、軽くゆすり、春の歌を歌ってくれた。思い出はそれだけだった。

部屋の掃除と、ご飯の準備が終わって、ぽっかり空白の時間があった。弥生は居間のソファに腰掛け、見上げると、そこに写真が掲げられている。父親の靖男だ。靖男は黒板の前に立って、こちらを見ている。黒板には数学の問題が書かれていた。『問題。整数A、B、Cがそれぞれゼロより大きい時、A＋B＋Cと、A分の1＋Bの1＋C分の1の、いずれかが3より大きいことを証明せよ』。そんな事が書かれているのが見える。

靖男の写真を見ていると、ふと別の二人の男の顔を思い出した。

一人は端正な顔に、意思の強そうな自信にあふれた二歳年上の男、賢一と言った。もう一人は、同じく二歳年上の、ちょっと頼りなげな様子の三郎だ。

賢一とは一年前の政治学の公開講座で知り合った。その講座は、一つのテーマで学生同士意見を戦わせるスタイルで、いつも白熱した熱気にあふれていた。賢一はその熱気の中で、自分の意見を冷静かつ理路整然と披瀝《ひれき》した。賢一の考えに従っていれば、何事も上手くいくような気がする。例えば、理想の政治形態はどんなものか、君主制か？　共和制か？

賢一は、我が国の歴史を根拠に〝君主制〟を理想と主張した。

「考えてごらん、私たちの国は、二千年の長きにわたって名君によって治められてきた。

名君の指導の下、勤勉な国民は家業に精出し、産業を興してきた。これが共和制になると、国民の間で権力争いが生じる。権力者はその権力の源がどこにあるのか自信が持てず、権力にしがみつく。その権力者には、例外なく取り入ろうとする者が集まる。彼らは、自分たちが富めばそれで良しとする者ばかりだ。その結果、富める者はますます富み、貧しい者は貧しいままにとめおかれる。その良い例が海の向こうのアメリゴ共和国だ。富める者と貧しい者との争いが生じ、過去に何度か内戦があったじゃないか。その根本原因は、国民の間に一本筋の通った、よって立つべき思想がなかったからだ。それに反し、我が国では、あくまでも賢者を敬い、賢者の指導に従って行動することが、二千年の経験によって、骨となり、肉となっている。人間というものは、どうも出来不出来が生じうる。不出来なものが何かの偶然で権力を握ったら、これほど恐ろしいものはないと、僕は考えるよ」

確かに賢一の言うように、「この国は小さな争いはあったものの、二千年の間、争いごとは少なく、王を敬い、王族を愛し、平和に暮らしてきた」と歴史の教科書には書かれている。特に、今上陛下の御世は賢一の言うとおりだ。

弥生はその考えにひきつけられ、賢一の周りにいる取り巻き女性たちの一人に加わっていた。

その賢一から突然「明日、話があるので、六時に市駅の横にある喫茶店で会いたい」と言われていた。その喫茶店は、お酒も出す、いわゆる大人の雰囲気のある店で知られていた。その申し出は、弥生の自尊心をくすぐった。しかし、すんなり受け止められなかった。こちらの都合も考えない、強引さにも反発した。どんな話になるんだろう、不安でもあった。同時に、賢一の考えに素直にうなずけないこともあった。二ヶ月前の、古文書解読の実習のことだった。弥生が担当したのは、約二百年前東北の岩手山県の旧庄屋の家から発見された文書だった。

その文書には二百年前の飢饉《ききん》をきっかけに発生した百姓一揆の事が書かれていた。一揆の指導者の中に、この旧庄屋の先祖が含まれていた。岩手山県の県令は、一揆を収めきれず、都に救いを求めた。庄屋の儀衛門は、都から派遣された役人との交渉にあたり、百姓の窮《きゅう》状《じょう》を切々と訴えている。都からの役人は荒れ果てた田畑を見て、また集まっている百姓を見て、内心一揆も仕方ないことだと思った。長い交渉の結果、『都にある備蓄米を百姓に与える、翌年の種籾も与える』という条件で一揆は収まった。ただし、一揆に参加した者の中には、町の商家を襲い、乱暴を働く者もいた。これを不問にすることは出来ない。また、恐れ多くも、群れを成して一揆を企てた者には相応の罪を問わなければならない。これが都から派遣された役人の条件であった。そのとがを、庄屋の儀衛門が受け、死罪となった。死罪となったが孫子まで及ぶことはなかった。都から派遣された役人のせめてもの配慮であった。古文書にはこう書かれていた。

ところが文箱の奥に、もう一枚古びた文書が隠されていた。それには、一揆の前年、百姓の窮状を訴え、救済を求めに都に行った時の事柄が書いてあった。応対に当たったのは、デップリ太った高官と、同じく肥えた商人らしい人物であった。二人は薄笑いを顔に浮かべ、のらりくらりと訴えを退けた。その時の様子が、震える筆跡でしたためられていた。

その高官の背後に、貴族や王族がいて、優雅に暮らしているのが垣間見えた。

弥生は思った『なんだ、賢一の言うのはどこかおかしい。この国でも力の強い者が威張り、ふんぞり返っていることがあったのだ。賢者に任せれば良いなんて？　それに正史の中には、王族同士の争いがあったことも残されている』

そうこうするうちに、今日の三郎とのデイトで見せた三郎のびっくり顔を思い出し、笑った。

賢一とは大違い。今日何があったか、ゆっくり思い出してみた。一番に思い出したのは、三郎のひざの上で感じたことだった。心地良く、安心して、抱かれていた。父の靖男のひざを思い出してもいた。ここに私の居場所がある。いつまでもこの場所にいたいと思った。しかし、あと一週間したら、三郎は卒業し、故郷に帰ってしまう。そしてそこには、弥生より若い幼馴染が待っているという。それも単なる幼馴染だけでなく、許婚だという。弥生がどんなに頑張っても敵う状況ではないことが分かった。弥生の喪失感は時間と共に大きくなっていく。私は負けたんだろうか？　もう三郎のことを思い出してはいけないのだろうか？　こんな心理状態の時に、賢一に会うのは気が重くなる。憂鬱でならなかった。

千代子が帰ってきた。今日は弥生の日、弥生の誕生日だ。いつものお惣菜《そうざい》の残り物ではなく、久しぶりのお刺身で、小さなケーキも、千代子は買ってきた。

「お誕生日おめでとう。今日から大人の仲間入りだね」

「ありがとうお母さん。もう大人だよ。お酒飲んでもいいんだよ。お酒ないの？」

「なに言ってるの。食事の前にお父さんに報告しましょ」

「おかげさまで、私も大人になりました、でもまだすね齧《かじ》りだからお酒は解禁にはしません。自分で稼げるようになったら、堂々と飲むからね」

「ねえ、今日が弥生の誕生日だってことを知っている人はいないの？」

「玉枝や同じクラスの子は皆知っているよ」

「男の人は？」

「一人だけ、でも今日が弥生の日だよって教えるまで知らなかったんだ。ちょっと悔しいな」

「どんな人？」

「野暮天！」

「野暮天！　ようそんな古い言葉知ってるね。でも好きなんでしょ？」

「それがよく分からない。私を好きだっていう男は結構いっぱいいるけど、あの野暮天だけは分からない。ねえ、お父さんとはどうだったの？」

「ふふふ、さあケーキ食べましょ」

「またそうやってごまかす」

翌日講義に出ると玉枝と出会った。

「玉枝、ちょっと頼みがあるんだけど」

「いいよ、何？」

「至とは上手くいってるの？　パーティの時は、あんたむくれてたけど」

「上手くいってるよ。あんなことしょっちゅうなんだから。それで？」

「明日の六時に、市駅の側にある〝ヴィーナス〟に玉枝と至の二人で来て欲しいんだ」

「なに、それ？　そんな事言ったら至は飛び上がって喜ぶよ。だけどなぜ？」

「私もそこに行く約束したんだけど、どうも気が乗らないの。約束を破るのは悪いし、どんな話になるのか」

「ふ～ん。それでどうしたらいいの？」

「私が首を二回振ったら、偶然行きあったようなフリをして、声をかけて」

「分かった。要するにその男の邪魔をしたらいいのね。で、どんな男？」

「至とまったく違うタイプ。相手は理知的でハンサム。至は理知的とは言いがたいし」

「至に言ってやろ。至はそんな事言われても気にしないよ、きっと。任しといて、でも貸しだよ」


翌日夕方六時、〝ヴィーナス〟の中。入り口から右端のテーブルで。

「ごめん、遅くなったかな?」

「いいえ、私も今来たばかりです。それで、賢一さん、お話って?」

「そんなに急がない。どう、軽く何か飲まないか? ここのワインは美味しいと評判なんだ」

「でも、お酒なんて」

「昨日、君の誕生日だったんだよね。確か二十歳。もうお酒も飲めるんだ。昨日誘いたかったんだけど、君は学校に来なかったから」

「なぜ、私の誕生日を知っているの?」

「そんなこと、当然だよ。好きになったら、何でも知りたくなる。そして調べたってわけさ」

「でも、お酒は遠慮します。それで、お話って何ですか？」

「じゃ、正直に言うよ。君のことが好きなんだ。交際して欲しいんだ。将来のこともキッチリ考えるから」

「将来のことを考えるって？」

「この春、僕は卒業する。卒業後は大手の商社に入ることが決まっている。その商社は、人気が高く入るのはなかなか大変なんだ。でも、入れたのは、僕の実力もあるけど、やはり父親の力もあるからなんだ。商社に入ったら、多分、海外勤務もあるだろうね。その時、僕の周りに君のような、チャーミングな人がいれば、何よりも嬉しい。僕の父は、商社で経験をつんだら、父の会社を継がせたいと言っている。きっと君を幸福にするよ。どう？」

「う〜ん。私はまだ二十歳よ。まだやりたいこともいっぱいあるし。急にそんな事言われても。今までのように友人ではダメなの？」

「僕はせっかちなんだ。ＹＥＳと言って欲しいな」

弥生は入り口の方を見る。入り口から玉枝と至が楽しそうに入って来るのが見えた。

弥生は、首を二回横に振り「少し考えさせて」と言った。

「なぜ？　好きな人がいるの？　いてもかまわない、きっと僕の方が君を幸せに出来るから」

「……」

玉枝と至が腕を組んで近くに来た。

「あれ、弥生じゃない。どうしたの？　あっ、ごめん彼氏と一緒なんだ」

「う～ん、そんなんじゃ……」

玉枝、賢一に向かって、

「初めまして、私、〝玉枝〟。弥生の親友。そして、こっちは〝至〟。野球部のエース。よろしく」

「あっ、初めまして。商学部の賢一です。弥生さんの誕生日をお祝いしようとお誘いしたんです。でも弥生さん、余り嬉しそうでないので」

「そりゃそうよ。弥生には心に決めた人がいるんだもん。でも、弥生自身が気付いていない。相手の男はもっと気付いていない。ややこしい二人なんだ。ね～至、あんたもそう思うでしょ」

しばらく四人で談笑していたが、賢一は「出ようか？」と弥生に言った。

〝ヴィーナス〟の出口で、賢一は気まずい様子で
「今日は、思わぬ飛び入りが入ってしまったけど、さっきの事考えておいてください。今日はありがとう」

「こちらこそありがとうございました」

市駅で、弥生は湊町線の電車に乗った。賢一は悔しそうに電車を見送った。

電車の中で弥生は考えた。

「私は三郎が好きなんだ。素直に好きと言えなかったけど、好きなんだ。最初は遊びのつもりで、思い出作りに誘ったけど、どうもどこか違う気がする。なぜだろう。どこが良いんだろう。賢一のようにカッコ良くないし、至のように逞しくもないし。なぜだろう。誰かこの私の気持ちを分析してくれないかな。でも理由が分かっても、もう手遅れだ。三郎は卒業してしまう」

そんな事を考えている間に湊町駅に着いた。

家に帰ると、いつもとは逆に千代子が夕食の準備をして待っていた。

「お帰り、今日遅くなるって言っていた？　どうしたの？」

「ちょっと人と会ってきた」

「そう。あの野暮天と？　いや違うな、野暮天とだったらもっと嬉しそうな顔をするはずだもん」

「……」

「さ、ご飯食べよう」


「ねえ、お母さん、お父さんってどんな人だったの？」

「……そうね、優しい人、何があっても怒らない人」

「それだけ？」

「それだけで充分じゃない」

「だけど、不満はなかったの？」

「ひとつだけ残念だった事があったわ。私は卓球が好きでしょ。いつか靖男さんとペアを組んで大会に出たいと思っていたけど、果たせなかったな」

「何で？」

「靖男さんは〝ウンチ〟」

「なに、〝ウンチ〟って？」

「運動音痴だって本人が言ってた。靖男さんは子供の頃大病にかかって、外遊びが出来ず、いつも家で本を読んでいたと言ってたわ。でも、大学に入ってからは体を動かすことが好きになったって。でも相変わらず球技はだめ。それで、歩くことや、長距離走も好きになったみたい。人と争わなくて良いスポーツだからいいなって言ってたわ」

「お父さんらしいね。争わなくていいなんて。

だけど、なぜ、前の国境戦争の時、志願したんだろう。お母さん、どう思う？」

「あの頃は天候が不順で、田舎の方では飢饉もおきていた。この地方もやはり農作物はいつもの年の半分くらいしか取れなかった。北の方ほど大変だったらしい。北の大漢国が国境を越えてきたのも、飢饉の影響があったらしいよ。靖男さんが勤めている学校も生徒が減って、生活が苦しくなったのよ。そんな時、志願兵募集の話があって、特に暗号解読する人が必要だって、最前線で戦う兵士ではないから比較的安全だっていわれてた。私は随分止めたんだけどね。靖男さんは案外頑固なところがあって、出て行ってしまったのよ」

千代子は無言で仏壇を見上げた。

仏壇の奥に靖男からの手紙がある。千代子は手紙を弥生に見せようかどうか、しばし目をつぶって考え、いや、まだ早いと首を振った。いつになったら手紙を娘に見せられるようになるのだろう。千代子は分からなかった。このままにしておこう。弥生がなにかの拍子に見つけたら、その時また話し合えば良い。そう思った。

弥生は、そんな母千代子の表情を見て、何かあるんだなと感づいた。しかしその事を話さず、千代子の視線をたどった。視線の先は仏壇である。父・靖男の遺品があるわけではない。あるのは思い出だけだった。思い出すのは靖男のひざの上、その時のぬくもりだった。突然、三郎を思い出し、うろたえた。

柱時計が十時の鐘を鳴らした。この柱時計は、靖男と千代子が結婚する時に、靖男の両親がくれた物だと聞いている。

「あっ、もうこんな時間だ。弥生、寝なさい」

「は～い、もう寝ます。また、なんかの機会があったら、お父さんのことを教えてね」

弥生はベッドに入ってからも目に浮かぶのは三郎の、どうしたら良いか分からないといった風の、戸惑った顔だった。

明日からどうしたらいいんだろう。父親がいないから、家計は苦しい。就職して母親を助けたい。やっぱり勉強するしかないんだ。学校の先生になりたいな。教職に必要な〝教生〟など履修科目が増える。増えることにはなんら不安はなかった。ただ、習ったことや、教生で感じたことを、話し合える相手が欲しいと切実に思った。

そう思うと、また三郎の顔が目に浮かぶ。三郎には、こんな悩みはないんだろうか？

知らないうちに眠りに落ちた。心地良い眠りだった。

朝起きて鏡を見ると、右目の目じりから右耳の方に涙の跡が見えた。

第四章　三郎の出発

今日は四月の一日。県庁で新入職員の入庁式で、三郎も新人の一人として式場に立っていた。

壇上で県知事の祝辞があった。県知事の名前は〝一也〟といった。温厚な人柄で、部下にも県民にも慕われている。しかし、温厚だけではない。行政の長として何を最も重要視すべきかを心得ている、そして、目指す目標に向けて、部下を厳しいが愛情をもって導く能力に長けていると評判だった。将来は中央政界に出て欲しいと、周囲から嘱望《しょくぼう》されている。しかし、三郎には何を言われているか理解出来なかった。いや理解しようとしても、これから言い渡される辞令のことが頭から離れなかった。

配属辞令には「県民福祉部配属」と書かれていた。どんな仕事をするのか想像出来なかったが、なるようになると身を任せた。

「三郎君、配属おめでとう。久しぶりの大卒新人だから期待しているよ」。部長が声をかけ、福祉課長にあとのことは任せたと言って、バトンタッチをした。

「県民福祉というのはやる事がいっぱいある。しかもとても地味な仕事だ。君たちのように若い人には、いささか物足らない残念な気持ちがあるかもしれんが、非常に大切な仕事だよ。県民の健康を願い、県民の思いを聞いて、出来る限りの支援をする。いわば、行政の原点ともいえる。是非、頑張って欲しい」。福祉課長が続けた。

一ヶ月間の導入訓練を終えると、具体的な業務を任されることになる。もちろん最初から一人前に業務をこなせるはずもなく、先輩の指導の下で行われる。三郎が大学で学んできた、法学や経済学はすぐには役に立たない。

三郎が最初に担当するのは「生活保護」の受付業務だった。もちろん生活保護に関する法律や条令があり、それにのっとって対処するのだが、法令を単純に適用すれば事がすまない実態を、三郎は思い知った。

「おはようございます」。三郎は出勤すると、もうすでに机の前に座っている先輩に挨拶した。

「おはよう、三郎さん」。そう返事したのは、生活保護受付十年の大先輩、智子さんだ。名前に負けない知識も経験も豊富な女性で、家に帰ると十歳と七歳の二人の子供がいるそうだ。

しばらくの間、三郎は生活保護に関する法令集に目を通していた。

すると、五歳くらいの女の子を連れた女性が、相談窓口に来た。

智子先輩は、あんたがやんなさいと、目で指示した。

「どうされました。どんなご相談ですか?」。三郎はなるべく落ち着いた声で問いただした。

「知り合いから、ここに来たら生活保護が受けられると聞いてきたんですけど」。女性がつぶやいた。

「分かりました。生活保護を受けるには色々条件があります。まず、この生活保護申請書に必要項目を書いて、提出してください」。三郎が四種類の必要書類を差し出した。

書類は「生活保護申請書」「資産報告書」「収入・無収入申告書」「一時金支給申請書」の四枚である。

女性は、用紙に目を通し、ため息をつき「あの〜、これ、どう書いたらいいか分からないんですけど」

「えっ」。三郎が思わず声を上げると、隣に座っている智子が三郎をにらみつける。

『お前は、今まで何を学んできたのか？　この女性をどうしたら助けられるか、まずそれを考えるのがお前の仕事の第一歩だぞ！』。そう言う目つきだった。

三郎は事情を察して、女性に声をかける。「では一緒に、作成しましょうか。お話しにくい事もあるかも知れませんが、ご心配なさらないでください。もちろんお聞きした事は、申請に必要な場合以外、私から外に話すことはありません。では始めましょう」

「は、お願いします」

「最初にお名前から、記入してください」

「あの～、私、腕を怪我していて、字を書けそうにないんです」

「では、僕が代わりに書きますね」

三郎が必要な事を尋ねて、申請書に記入していく。話を聞いている過程で色々な事が分かった。女性の名は咲子、女の子は幸子、夫は昨年はやり病で死別。他に家族はいない。咲子は、近所の料理屋で、働いていた。ところが先月、料理中に腕を怪我した。料理が出来ないので、店の掃除など雑用をしている。給料が減らされた。今までのところは蓄えで何とか賄っているがこの先が心配だ。娘の幸子はこの春から保育園に通い出した。保育園の費用も負担になってきている。住居は市営住宅に入居している。資産は、普通預金のみ。生活保護申請に際して、提出が求められている収入の報告書は、過去三ヶ月分の実績が必要だが、本人はよく記憶していない。勤め先から給与として振り込まれる実績で類推する事になる。

最も厄介なのは、本人の働く意欲と、働く場所の確認だった。

約一時間が経過していた。

「お疲れ様でした。必要書類は一応整いました。あとは事実確認があります。係官が調査に参りますので、調査にご協力ください」。三郎がそう告げると、咲子が「あの〜、それでいつからお金を受け取れるんですか？」と尋ねた。

三郎はぎょっとした。全然予想していない質問だった。しかし、保護を受ける身としては、もっともな質問である。三郎はうろたえたが、ひとつ唾を飲み込み答えた。

「色々資格審査などがありますので、二週間ほどかかります。なにかありましたら、こちらからご連絡します」。そう答えるのが精一杯だった。「それと、一時金支給があります」と付け加えた。

「三郎さん、ご苦労様。初回にしてはまずまずだと思いますよ。最後の質問だけは、ちゃんと調べておかなくっちゃね」。智子が三郎をねぎらった。

「ありがとうございます。ところで智子さん。申請書を僕が代わって書いたけれど、あれでよかったんでしょうか？」

「厳密に言うと疑問だけど、私はあれで良かったと思うよ。肝心なのは、書かれている内容が正しいかどうかでしょ。それに、これが本人の直筆かどうかなんて、誰が分かるって言うの。それでなくても忙しいのにね」

　三郎は一安心した。


「ところで、三郎さん、あの咲子さんだけど、腕を怪我してるので字を書けなかったのかしら？」

「えっ。どういうことですか？」

「間違ってるかも知れないけれど、あの人もともと字が書けないのかもしれないって思ったの。多分生活が苦しくって、まともに学校に行けていなかったのじゃないかな」

「そうですか。そういう時はどうしたら良いのですか？」

「正解は一つではないけど、三郎さんが今日やったので良かったと思うよ。生活保護を受けに来る人たちは、なんらかの負い目を持っていることがあるの。そんな時、その理由を問いただしても、なんの援助にもならないし、逆に申請に来ることを諦めちゃうこともあるようだし。この仕事の目的は、困っている人を、とにかく手を差し伸べて助けることだと私は思っている。三郎さんは、自分で答えを探していけば良いと思うわ。私と意見が違っても全然かまわないからね」

三郎は仕事を終えて家に帰ると、今日あったことをノートに記した。初日にしたらまずまずだと思った。

先輩の智子さんの落ち着いた指導にも感謝した。

一番印象に残ったのは、規則をただ単に守ることではなく、今、目の前にいる人をどうしたら援助出来るかということで、規則に適応しているかどうかは二の次だとの言葉だった。また、生活保護を受けに来る人は、なんらかの負い目を持っているとの指摘だった。

学生時代に受講した社会福祉学の講義のことを思い出した。

「生活保護を受け取る資格のある人の、何パーセントが申請しているのか？　そして、その比率は高いのか低いのか？」

「申請出来るのに申請に来ないのはなぜなのか？」

「生活保護不要論との意見もあるようだが、みんなはどう思うのか？」

「一つヒントを出そう。生活保護制度が生まれた時代はどんな時代だったのか？　歴史を見ることでこの制度の背景が分かる」

教授はそのようなことを言って、学生に宿題を出して、その講義は終わった。

「そうか、歴史か。勉強しなければならないことがいっぱいあるな。だけど、どうアプローチしたら良いのだろう？」

そんな事を考えていると、ある顔を思い出した。

「彼女は何をしてるのかな？　最終学年だから卒論のテーマを決める頃だな」

今日経験したこと、そして感じたことを話し合ってみたいと思った。


三郎が今の仕事に慣れてきた頃のことであった。

智子が三郎に問いただした。「ねえ、三郎さん、最近中央政府から福祉予算が増えすぎている。もっと効率化して予算を抑えられないか？なんて言ってきているけど知っている？」

「はい、聞いています。確かに生活保護のための支給総額が増えているのは事実です。また、支給対象者も増えていますね」

「支給対象者が増えているのは事実だけど、その数は本当に多いのだろうか？　諸外国と比べてどうなんだろう？　知っている？」

「知りません。調べてみます」


翌日。

「調べました。支給対象者の人口全体に占める割合は1・6％です。先進国のドレス共和国は9・7％、エール王国は9・3％で、五倍以上ですね」

「それで、1・6％は多いの？　少ないの？」

「少ないと思います」

「で、それは望ましいことなの？　望ましくないの？　そしてそう思う理由は？」。智子の質問は厳しかった。

「う〜ん、単純には言えませんね。低いのは事実だが、低くなっている理由は大きく分けて二つあると思います。一つは国全体で生活に困窮している世帯が少ない。これだと良い傾向だと思います。もう一つは、生活保護を受ける支給条件が厳しすぎる場合。これは、良い傾向だとは思えません」

「それで、どっちなの？」

「厳しいですね。今の僕の経験知識では、明確に答えられません。残念ですが」

「素晴らしい。三郎さん、素晴らしいよ。見込んだことはあった」

「見込んでいたんですか？」

「あはは。三郎さん、貴方ちょっと鈍感ね。誰かにそう言われたことない？」

「あります。なんで分かるんですか？」

「そう言った人は女性でしょ」


「三郎さん、別の問題を出しますよ。現在の支給条件を満たしているのに、実際に受給している比率はどれくらいかしら？」

「分かりません、また調べてきます。それにしても大学の授業より厳しいな」

「でも、調べ甲斐はあると思うよ」


「調べました。びっくりする数字です。生活保護の対象となる人のうち、実際に利用している人の割合〝捕捉率〟は約18％です。八割超の人が利用していません。先進国では、ドレス共和国は約65％、エール王国は約91％と大きく差があります」

「なぜそんなに違いがあるのでしょうね？　それで、八割超の人たちはなぜ利用しないのだろうか？　三郎さんどう思う？　またどうしたら良いと思う？」

「智子先輩、以前生活保護を受ける人は、何がしかの負い目を抱えていると言われましたね。それと関係あるのでしょうか？」

「生活保護不要論というのがあるのを知っている？」

「はい、授業で聞いたことがあります」

「代表的な主張は『こんな制度があるから、働かない人が増える』『私は母子家庭で生活は苦しいが、二つの仕事をかけ持ちして頑張っている。それが私の誇りです』『安易に保護を受けると、働くのがばかばかしくなって、頑張ってきたという誇りを失ってしまうのが怖い』。こんなところかな」

「う～ん、何となく理解出来るな、だけどどこかおかしいと思います」

「三郎さんのその感じ方は、もっともだと思うよ。実は私は、生活保護不要論に近い考えを持っていた。私の夫が亡くなった時、生活保護の利用を考えたけど、一応安定した職場に就いていたし、何とかやっていける気がして、申請しなかった。実は変な自尊心もあったわ。同窓会で友達に会った時、生活保護を受けているという自分を想像することに耐えられなかったの。変でしょ。何とか親子三人生活出来たのは事実だけど、どこかで無理をして、失っているものがあるのではないか？　例えば、親子の接触する時間が少なく、子供を寂しがらせていたのではないか？　もしかして、何かの理由で収入が減った時、生活保護を申請する前に気持ちが折れて、立ちなおれない可能性もあると思う。今は、そう思うのよ。気持ちの強い人、弱い人、学歴のある人、ない人、病気がちの人、皆それぞれ環境が違う。そしてそれらのハンディキャップは外からなかなか分かりにくい。また、当の本人もそれを言いたくない。特に、この国の国民のある種独特な同調圧力も働いて、捕捉率を下げているのではないかな」

「う〜ん。そうですね。難しいな」

「色々考え方はあって当然だけど、それにしても捕捉率が二割を切るのは、やはりおかしい。生活保護制度の目的は『健康で文化的な最低限度の生活を保障する』だけど『文化的な生活』とは一体どんなレベルの生活なのだろうか？　また、この制度で対象の人の『自立した生活』が出来るよう援助することも欠かせない視点だと思い始めたの。自立のためには何が必要なのだろうか？」

自立支援のための目的からみて、現在の制度に改善すべき点はないのだろうか？　三郎には、疑問が次から次にわいてくる。

翌日。

「智子さん。昨日の宿題だけど、捕捉率が二割を切るのは、異常だと思います。どんな割合が妥当かは、分かりませんが、より多くの人が健康で文化的な生活を送れることが大切ですね。そう思いました」

「そう、ところで仮に捕捉率が五割になったらどんな問題が起こるかしら？」

「単純に言えば、支給対象が二・五倍になりますね。予算が追いつくのだろうか？」

「そう、いいところに目を付けたのね」

「う〜ん、予算がなければ何にも出来ない。国が富まなくては予算は増やせそうにない。結局、困っている人を助けたいとの気持ちだけでは解決しないんですね」

「そうね、それでどうする？」

「う～ん、国を富ますには経済を良くする。だけど経済って何だろう？　分からない事だらけだ」

「そんなに大上段に考えなくても良いと思うわ。そんなのは神様に任せておけば良いでしょ」

「神様に任せる？　あっ、どこかで聞いたことがあるな、『見えざる手』に任せるって」

「神様に任せることはほっといて、私たちは私たちで出来る事を一生懸命する。例えば、無駄をなくすことも大事よ。無駄といえば、最も無駄なのは戦争の費用。今、隣の大漢国と国境でもめているでしょ。これが戦争になったら、膨大な費用が発生する。そして、親を失い、手足を失った人が増える。こんな無駄なことはないね」

「本当にそうですね。それなのに、今また大漢国との国境で緊張感が高まっているとニュースで聞きました」

「政治家は何をしているんでしょうね。多くの人が傷つき、国土は荒れる。しかも、戦争を始めた人たちは命令するだけ。こんな無駄なことをしていて、歴史は作られているのね。今、頑張らなきゃいけないのは、戦争を起こさないことだわ。これは頭の固い人には無理。そして、深くものを考えずに、行動することが大事だなんて言っている者も無理。三郎さん、貴方は見所があると言ったの覚えている。貴方は、物事を表面的にしか見ない人とは違う。分からないことや、知らないことは素直に認め、調べようとする。そして得られた結論にも拘らない。そんな謙虚さが大事だと思うわ」

「そんな。あまり期待しないでください。重荷でつぶされそうですよ」

「今すぐというわけではなく、どんな風にするかもアドバイス出来ないけど、おばさんには、若い人を応援するしかないの。頑張ってね」

三郎が県庁に入庁してから半年が過ぎた。

島本県にも秋が来た。今年も大型台風が襲った。各地で被害が出ている。最も影響の大きかったところは、島本富士の山麓の集落と、その富士から流れ出る流域の農村部であった。

県庁から調査団と、災害復旧のための職員が派遣された。三郎は、災害復旧班の一員として現地に赴いた。

派遣先は島本富士の山麓の榎村（えのきむら）であった。村の入り口に榎の大木がそそり立って村を見おろしていた。

この村は、代々タタラ製鉄の伝統を守ってきた由緒正しい場所であった。村の横に川が流れている。上流の山で花崗岩を崩し、出来た砂を川の流れを利用してこの地におくり届ける。この川が今回の台風の影響で氾濫した。さらに上の山を望むと、大きく崩れた山肌があった。木々が伐採されていて、保水力を失っていた。今回の災難は、台風のせいだけではなさそうだ。榎の大木の下をくぐって村の中に入った。崩れた大きな建物跡に、男が二人たたずんでいた。一人は三郎の兄の健太郎だ。

「健太郎兄さん、今日は」

「おう、三郎。何しに来た？」

「災害復旧のために派遣されて来ました。上司からは、復旧だけにとどまってはならない。災害がこれだけ大きくなった理由も調べろとも言われました。ところで、隣におられる方は？」

「紹介しよう。淳造さん、これは私の弟で三郎といいます。確かこの春から県庁勤めになっています。

三郎、こちらの方は村下（むらげ）の淳造さんだ。村下はタタラ製鉄全体を取り仕切る、いわば職人頭だ。疑問に思ったことを尋ねたら良い」

「初めまして、三郎といいます。よろしくお願いします。ところで、この大きな建物はなんだったんですか？」

「三郎さんか。こちらこそ。この建物はタタラ場だ。この建物の中で、タタラ炉を作り、タタラ製鉄をするところです。今回の氾濫で、炉はもちろんのこと、建物も被害を受けた。それよりも残念なことに、人死にが出た。砂鉄採掘場で土砂崩れに巻き込まれた者が二人。そして、ここのタタラ場で濁流に流された者が一人。本当に痛ましいことだ」

「三郎、立ち話してる暇はない。お前は、お前の仕事をしろ。我々もこのタタラ場の後片付けに取り掛かる。ああ、そうだ。お前、夜の予定はどうなっている。もし自由な時間があったら、村長（むらおさ）の家に来ないか？　村長を中心に、今後のことを話し合うのだ。飯も出るはずだから腹をすかせてこないか？」

「じゃ、そうさせてもらいます。村長の家は、あの大きな家ですね」


その夜、村長の家にて。

三郎は、その日見てきたことを語った。

「山の中腹の森林が広く伐採されていました。それが今回の大雨の被害を大きくしたのではないでしょうか？　いつもこんなに森林が伐採されるのですか？

砂鉄の採掘場も見てきました。無理に花崗岩を砕いた跡が見える。それで、土砂崩れが起きたと採掘の作業員が言っていました。例年なら、こんな時期に採掘はしないとも。なにがあったんですか？」

「いつもは、山の様子を見て、また下流の農民とも相談して、タタラ吹きの時を決める。山が荒れていればタタラ吹きを延期することもある。今回は、兵器省の厳しい増産命令があって、仕方なくやったんだが、残念だった」。村下の淳造が答えた。

「なぜ、増産の要請が出たんですか？」

「どうも、大漢国との国境紛争のせいらしい。手柄のあった将校に下賜するための軍刀が多くいるとのことだよ」

「山が荒れるといえば、古い街道を歩いて故郷に帰る途中の、宿場町や、渓谷が荒れていましたね。年々天候がおかしくなっている。全体的に気温が高くなり、山に降る雪の量が減ったとも古老が言っていました」。三郎が首をかしげながら話した。

「それは、ここ島本富士山麓でも同じだよ。雪の量は減っている。そうかと思うと、今回のように大きな台風が襲ってくる。なにか大変なことが起きるのではないかな」。炭焼き頭がつぶやいた。


せっかくの兄弟の再会なのに、話が弾まない。三郎が考え込んでいると、健太郎が話しかけた。

「三郎、なにをそんなに考え込んでいるんだい？　なにか困りごとでもあるのか？」

「いいえ、困ったことは特にありません。ただ、戦争の影響、それから原因は分かりませんが、異常気象が発生していることが、不気味に思えてなりません。僕が大学で学んできたことは余り役に立っていないのでがっかりしています」

「そうだな。問題が大きすぎて、なかなかどうしたら良いか言えないね。三郎、お前は俺と違って、物事を深く考えることが出来る。今、この国に必要なのはお前のような深く考える人材だと思うよ。学士入学という制度がある。どうだ、応募してみないか。応援するよ。親父には俺からも説得するよ」

「ありがとう。じっくり考えてみます」


復興支援に派遣されてから、二ヶ月が過ぎた。島本富士は錦秋を迎えている。

三郎は、元の職場に戻った。ここ西国の島本県は秋の実りを迎えているが、北の青杜（あおもり）県、岩手山県は厳しい冬を迎えている。今年の冬はことのほか厳しく、北の地方の農作物は不作にあえいでいた。この状況は、北の隣国、大漢国ではより顕著だった。一部の地方では暴動が起きているとの報道も伝えられた。

大漢国政府は有効な対処策を講じることが出来ず、暴動を力ずくで抑え込むと同時に、対外的に敵を作ることで民衆の怒りをそらそうとしている。国境紛争の再発は不可避の状況に見えた。

　このような状況の中、三郎は職場に戻り、生活保護申請の窓口業務についた。最初に感じたことは、生活保護を申請する家庭が増えたことだ。この業務の先輩の智子は主任に昇進していた。

「智子主任、最近申請が増えていますね。何が原因でしょうか?」

「三郎さん、主任は要らないよ。申請が増えたのは色々な背景があると思うわ。どう思う?」

「そうですね、一つは昨年秋の台風など異常気象で被災した人が増えたこと。それから、北の大漢国との戦争の危機から、景気が悪化していること。こんなことでしょうか」

「う〜ん、逆に景気が良くなったと喜んでいる者もいるのよ。軍需製品に携わる人たちがそう」

「そうですね。実は僕が派遣された島本県の地方の洪水も、背景に軍需製品、増産の無理な命令が背景にあったようです」

　こんな事を話しているうちに、三郎は焦りを感じていた。

「実は今度派遣された村で、兄さんに会いました。兄さんからは、『お前は、もう一度勉強しなおしたらどうか？　学士入学という制度がある。もう一度学びなおして、どうしたらこのような問題に対処したら良いか考えてみたら』って薦められました」

「そう。良いことだと思うわ。以前言ったけど三郎さんは見どころがあるから。頑張ってね」

三郎は再度勉強したい気持ちになっていた。経済学を学ぼう。こう考え、準備を始めた。

第五章　弥生の出発

三郎が卒業してから一年が経過した。そして春を迎えた。

四月になると、新学期が始まる。弥生が大学の門をくぐると、雰囲気が随分険しくなっていた。

最近、また隣の大漢国との関係がぎくしゃくして、国境から不穏な空気が伝わってくる。十五年前のあの紛争が再発するのだろうか？　学生もどこか上の空になり、キャンパスには大漢国を非難する檄文《げきぶん》が書かれている。

キャンパスのあちこちで、集会が開かれている。集会に参加するのは圧倒的に男子学生たちが多い。それを取り巻くように、不安げな女子学生たちがいた。十五年前の前回の国境紛争では、曲がりなりにも、大漢国軍を元の国境まで追いやったことがあり、血気さかんな若者の熱気を高めていた。

弥生は、そんな熱気には心動かされず、さめた目で見ていた。弥生の父の靖男が帰らぬ人となっていたからだった。

なぜ、戦争は起こるのだろう？　なにがきっかけなのだろう？　弥生のように、父を、兄を失った家族は少なくないはずだ。誰も戦争なんか望まないはずなのに。だけど、集会の熱気を見ていると、本当に誰も望まないのだろうか？　自信がなくなってきた。弥生は歴史を学ぶ学生だ。この疑問を解くのが歴史を学ぶ者の使命だと考えるようになっていた。

遠い神代のことを調べるより、十五年前のことを調べる方が、資料も多いはずで、国境で何があったかを語る人もいるはずだ。いや、国境で起こったこと以外にも、ここ都に住む人々にも、何がしかの悲しみがあったはずだ。それを調べよう。調べた結果で、自分の行動を決めたら良いのだ。そう思い定めた。思い定めたのは良いが、何から、どこから調べたら良いのだろう。私の考えは間違っていないだろうか？

弥生の考え、悩みを聞いてくれる相手が欲しくなっていた。別段進むべき方向を示してくれなくてもかまわない。ただ、黙って耳を傾けてくれる人がいたらなあと、心から思った。

ふと、目に浮かぶ姿があった。あの野暮天、今は何をしているのだろう。考えても仕方がない。とりあえず身近なところから取りかかろう。身近なところに、口の重い語り部がいる。母の千代子だ。

キャンパスをあとにしようと、門に向かうと、なにやら言い争いをしている二人連れがいた。

親友の玉枝とその彼の至だった。

「玉枝、どうしたの？　また、至が可愛い子に色目を使ったとか？」

「弥生、久しぶり。そんな事じゃないのよ。そんな事はしょっちゅうなんだから。至はね、あの集会の熱気にあてられて、なにか事があったら、国境警備に志願するなんて言ってるのよ。自分が正義の味方のヒーローになったつもりで」

「弥生さん、聞いてください。玉枝は何があっても、志願なんかしたらだめだの一辺倒なんだ」

「なんで、そんなに志願に拘るの？」

「僕は、北の国境に近い青杜（あおもり）県出身なんだ。父親も兄貴も志願している。残念ながら、戦死した親戚もいる。侵略された村は本当にひどい事になるんだ」

「そう、実は話してなかったけど、私の父は、前回の国境紛争の時に、志願して、結局帰ってこなかったの。だから、二人の気持ちはどちらも分かる。だけど、どうしたら良いかなんて、とても言えないわ。ただ、今は、これ以上争いが大きくならないよう、頭を冷やして、考え、その考えに従って行動する時なんじゃないかな。すぐに結論を出さずに、もっと二人で話し合えば良いと思うよ」と弥生は言った。

「弥生、ありがとう。そうする。弥生って冷静だね。これからどうするの？」

「家に帰って、お母さんに十五年前のことを聞いてみる。十五年前の歴史があるはずだと思うから」

「分かったわ。もっと至と話し合ってみる。また、機会があったら、十五年前の歴史を教えてね」

弥生は、帰宅して、いつものように掃除をし、ご飯を炊く用意をした。いつも、話の途中で、はぐらかす母との会話を思い出した。

ふと、目が仏壇に向けられた。そういえば、母の千代子は時々仏壇を眺めていたなと、思い出した。

何があるんだろう。弥生は、仏壇に手を伸ばしたが途中で止めた。母の気持ちを尊重したのだ。


「ただいま」。千代子が帰ってきた。

「お帰りなさい。ご飯炊けてるよ」

「そう、それじゃお父さんに挨拶してから食べようかね。今日は弥生の好きなカボチャコロッケだよ」


「今日から新学期だね。なんか新しい事あった？」

「うん、何か嫌な雰囲気なんだ。学校の中にやたら立て看板が出て、大漢国を非難することが書かれているの。そして、あちこちで集会があって、男子学生はやたら張り切っている。玉枝の彼氏の至もそう。至はなにかあったら志願するって言うの。玉枝は心配でたまらないみたいなの」

「ふ〜ん」

「それからね、私も最終学年だから、卒論のテーマを決めなくっちゃならないんだ。歴史専攻でしょ。歴史といえば大昔のことや、中世の頃の話が多いけれど、何か物足らなくて。今、大漢国との国境紛争が起きようとしてる。なぜなんだろう？　何が原因なのだろう？　そして、何があって、人がどう感じたんだろう？　そう思うと、前回の紛争のことを調べたくなった。十五年前だから、語り部はまだいるでしょ。ほら、ここにも」

「ここにもって、私のこと？」

「そうよ、今度は笑ってごまかさないで。お父さんは志願して、結局帰らなかった。どこで、どんな風に亡くなったか私は知らない。知りたいの」

「そうね、今日は四月の十日。お父さんの命日ね。この日は、お父さんの最後を見届けてくれた人から教えてもらったのよ。考えるだけで悲しくなるから、あなたたちには言わなかったけれど」

「それで、どこで、どんな風に亡くなったの？」

「仏壇の裏に、油紙で包んだ物があるから出してきて」

「これはね、お父さんが書いていた手紙なの。でも、検閲が厳しいから結局出されなかった。最後にみとってくださった方が届けてくれた物だよ。読んでごらん」

弥生は、手紙を取り出し、無言で読みふける。そこには、靖男という人間の歴史の断片があった。

父靖男の記憶がよみがえってくる。靖男のひざの上が、たまらなく懐かしく思い出される。靖男の手紙の中には、敵の兵隊の中にはシェンマオのような、血の通った大男がいたことも知った。

シェンマオは故郷に帰れたのだろうか？　そして、シェンマオとその妹はどうしているのだろうか？

逆に、味方のはずの中には、戦争のドサクサにまぎれて、送られてくる食料の品質を落とし、濡れ手に粟をもくろむ者もいることも知った。さらに、信じたくはないが、味方の兵隊が残虐行為を働く例も記されていた。

「弥生、私の話も良いけど、この家の近所に、国境防衛にいって帰ってきた人がいるよ。その人に話を聞いてみたらどうかしら」

「そうね、十五年前の紛争より前には紛争はなかったのかしら。そんなことも調べてみたいな。それと、今の大漢国の政治家がどんな事を考えているか、これも調べてみよう。そうしたら、ひょっとして紛争を防ぐ方策が見つかるかもしれないし」

どうしたら戦争を防げるのだろうか？　この観点から、戦争の前後の出来事を調べ、答えを導き出したい。

するとどこからともなく『語り部のインタビューも良いが、国境紛争が起こった原因を調べるには、紛争前の出来事、両国民の意識、政治家の言動などから手がけてはどうだろう』。そんな声が聞こえた。見回したがその声の主は身近にいなかった。

「難しい課題だということは分かっている。でもやってみよう。私、間違っているかな。三郎どう思う？」。弥生は独り言をつぶやいた。

弥生は翌日から大学図書館に通った。十五年前の新聞を引っ張り出し、紙面を追った。しかしそこには欲しい情報はなかった。十六年前、十七年前と時間を遡って調べることにした。

『ちょっと、視点を変えてみたら？』。また、主なき声が聞こえた。

「視点を変えるってどんな風にしたらいいの？」

『なんか聞いた事がある。歴史は単に出来事の連続ではない。その出来事が起こる背景がある。例えば、地理とか、風土とか、民族とか』。主なき声が聞こえた。

「そんなこと言ったら調べることがどんどん増えちゃうよ。一人じゃとても無理だよ」

『難しい課題だということは分かっている。でもやってみよう、と言ってたろう』。

また主なき声が聞こえる。

「分かった。そこまで言われて引っ込んだら悔しい。やって見る。でも手伝ってよ」

『どうやって？』

「調べた事や疑問に思ったことを、手紙の形で書くから、読んでみて、感想を言って。今みたいに」

『分かった、出来る限りしてみるよ』

「野暮天さん。元気ですか。色々調べたけど、なかなかまとまらないよ。まず、両国の民族性について調べたよ。両国は民族的に近い関係にある。国境には大きな川が流れていて、中間に中州がある。その中州に双方の人たちが渡り生活していた。生活する中で混血が進み、習俗も溶け合って、独特のものを生んでいたのよ。人々は仲良く暮らしていた。こんなに仲が良いのになぜ諍《いさか》いが起きるのだろうね。まだ答えは見つかっていない。もっと調べて、また手紙を書くね。ところで、野暮天さん、貴方どんな事しているの？　新しい職場には慣れた？　もう、私のことなんか思い出さないでしょうね。時々寂しくなるよ」

「野暮天さん、文化の面についても調べたよ。昔、大漢国は文化水準が高く、近隣の国から、多くの留学生を受け入れ、文字や、音楽、絵画、天文学などを惜しみなく教えていた時代があったらしいよ。近隣諸国はそのことを感謝し、自分の国も大漢国のように文化発展させようと努力を続けたそうだよ。

大漢国の役人や学者たちの中には、近隣諸国を見下す者も現れた。自分の国が世界で最も進んでいる、と自慢し、傲慢《ごうまん》になっていった。そして、政治制度、農業技術、工業技術、気候学などを発展させることを怠るようになった。大漢国と近隣諸国との文化的格差は縮小し、生活水準の差も小さくなった。そして、この傾向がはっきりすると、次のような心情が生まれた。すなわち、近隣諸国は大漢国に対し、文化の衰退を指摘し侮り出した。さらに昔大漢国から受けた、文化的影響を忘れ、その国独自に輝かしい文化を生み出したと、いたずらに誇り、自尊心を高めた。

大漢国側では、現状の国力の衰えに目をつぶり、あくまでも近隣諸国を見下していた。この傾向から、国民同士がお互いを尊敬し合うという態度が衰え、相手を侮辱《ぶじょく》し合う機運が生まれた。

ねえ、野暮天さん、国民同士がこんな雰囲気になっていれば、国境付近で諍いが起きた時、諍いを小さくするよりも、相手を攻撃することを声高に主張する者が現れ出して、これが戦争へ向かう原因にもなっていると思うわ」

『そうだね。お互いを尊敬しないどころか、侮辱し合う。そう主張する者たちは自分を愛国者だと思って、勇ましい声で人々を戦争にかきたてる。経済的な要因も大きいだろうが、心理的要因も戦争を起こしたり、長引かせたりするのかもしれないね』。主なき声が聞こえた。

「十八年前にも国境紛争があって、その時は川の中州に住んでいる大漢国系の住民が、私たち倭国系住民に迫害されていると、大漢国から抗議が来たのよ。その抗議が住民間でエスカレートして、暴動になり、双方に死傷者が出た。それがきっかけで国境紛争になったと、当時の報道にはあったのよ。だけど、どうして双方の政府は紛争を回避出来なかっただろう？　それから、何がきっかけで仲良く暮らしていた人たちが争うようになったんだろう？　やはり当時の新聞記事に、十八年前に冷害があって、大漢国の農民が随分困っていたと報じられていたわ。冷害や、自然災害はいつでも起こり得ることなのね。それに備える体制が整っていて、すぐに困っている人を助けることが出来れば、こんな事は起きなかったろうなと思ったわ。当時の大漢国政府にはそういう姿勢は見られなかったらしい。でも、似たような風潮は、私たち倭国にもあるのよ」

二百年前に飢饉が起きた時の岩手山県の庄屋のことを調べた経験から、弥生はヒントを得た。

「野暮天さん、天然の災害は仕方がないとしても、そういう時に、困っている人をすばやく助けられる制度や体制が整っていれば、紛争は防げるのではないかな。どう思う、野暮天さん？」

『本当にそうだね。僕が担当している生活保護制度もそれを目的としている。だけど、それを充分に活用出来るようにするためには、解決すべき課題が多いと感じるようになったよ』。主なき声が聞こえた。

「調べてみると、最近自然災害が増えているように思えるんだ。また災害の規模も大きくなっているようだね。これもどうにかしなくてはね」

『島本県でも、台風やら長雨やら、天候がおかしくなっているね。それと、山が随分荒れていて、大雨が降ると洪水などの被害が増える傾向がありますよ。この傾向は島本県だけに限らない』

「自然災害が増えているのには、何か原因があるのかしら？　こういう疑問には、私はまったくお手上げだな。友達に聞いても、そんな事に興味がある人はいないし。玉枝のこと覚えている？　彼女は至のことで手一杯だし。至は国境紛争が激しくなったら防衛隊に志願するって言って、それで玉枝はまた心配になって。だけど、そうやって誰かのことを心から心配する、ちょっとうらやましいな。野暮天さん、貴方はどうなの？　答えはいらないけど、一緒に考えて欲しいな」

『一緒に考えましょう。科学的なことだから、僕たちだけでは手に負えないかもしれないね。それでも、考えることをやめてはいけないね』

第六章　弥生と三郎の再会

四十三年八月二十五日。

三郎が卒業してから約一年五ヶ月が過ぎた。学士入学試験も合格し、母校に復学することにした。九月から始まる後期課程から通うことになる。その前に入寮手続きや、教材購入など準備が必要だ。

それで、今日八月二十五日、大学を再訪した。今回は思わぬお供がいた。来年この大学受験を目指している桃花の希望で、三郎に付いてきた。親も認めているとの事で三郎もしぶしぶ受け入れた。

三郎が桃花を連れて大学を案内していると、図書館から出てくる女性に出会った。

その女性が声をあげた。

「あっ、三郎さん。三郎さんでしょ？」

三郎が驚いて振り向くと懐かしい顔があった。弥生だ。

「弥生さん。久しぶりです。お元気でしたか？」

「元気よ。三郎さん、何をしに来たの？」

「実は、九月から学士入学で勉強することになったんですよ。そしてその準備のために来ました。弥生さんは、今何をしているのですか？」

「卒論の準備のため、資料を調べに来たのよ。それと就職先の情報も集めにね。ところで、横にいる可愛らしい人はどなた。紹介してくれないの」

「あっ、そうだ。弥生さん、こちらは、来年この大学を受験する予定の、桃花さんです。うちの村の村長《むらおさ》の娘さんです」

「初めまして。桃花です。学校の雰囲気が知りたかったので三郎兄さんに無理言って付いてきました。

もう大体の雰囲気が分かったから、今晩の夜行で帰る予定です」

「初めまして、弥生です。ひょっとして三郎さんの幼馴染、そして許婚？　私のこと、三郎さんはなんか言ってた？」

「いいえ、何にも言わないですよ。三郎兄さん口が堅いんです。それと、幼馴染みではあるけど、許婚ではありません」

「えっ、三郎さんどういうこと？」

「今、桃花さんが言ったとおりです」

「分かった、振られたんでしょ。だけど、もったいないよ、桃花さん。ちょっと風采はさえないけど、とても良い人よ」

「とても良い人だということは、小さい時から充分分かっていました。でも親が決めたとおりに生きるのなんて、ちょっと悔しいと思ったんです」

「あはは、ここにも悔しい坊がいるね」

「弥生さん、三郎兄さんがあんな事言ってるけど、なんの話なの？」

「さあ、分からないわ。三郎さんに聞きなさい。私は今から家に帰るけど、三郎さんたちはこのあとどうするの？」

「僕はまだ用事があるから一泊して、明日の夜行で帰る予定です」

「その用事はいつ頃終わるの？」

「多分三時頃終わると思います」

「じゃ、明日三時に会いましょう、ここで待っているからね」


「随分活発な方ですね。弥生さんみたいな素敵な人のことなんて、一言も言ってなかったわね。会えて良かったね」

「そうですね、びっくりしました。元気そうで何よりです。そろそろ駅に行こうか。お土産は駅で買うといいよ。その前にどこかで食事しよう」

「三郎兄さん、いいところ知ってるでしょ？」

「貧乏学生だったから、そんなにいいところなんて知らないよ。そうだな、銀天街に美味しいカレー屋さんがあったな。今もあるといいのだが」

「カレー。もっと軽いものないの？」

「そうだ、ちょっと変わったうどん屋もあったな」

「どんな、うどんなの？」

「そこはね、老夫婦がやっている店で、鍋焼きうどんだけのワンメニューなんですよ。だけどおつゆが美味しい。うどんも腰が強くて、そして安くて、学生には人気があったんですよ」

「じゃ、そこにしましょ。夜にカレーはちょっと重たいかもね」

四十三年八月二十六日　三時、図書館前にて。

「今日は、待たせたかしら？」

「いいえ、僕も今来たところです。で、これからどうしましょう？」

「夜行列車の出発は何時？」

「夜十時です。約六時間半かかるから、明日の朝四時半頃着くはずです」

「じゃ、六時間ぐらいあるのね。まず、お茶にしようか？　〝泉〟覚えている？」

「憶えていますよ。色々なことを話しましたね」

喫茶〝泉〟にて。

「思い出すな。当時と全然変わっていないな」

「当たり前でしょ。あれから一年半くらいしか経っていないのよ。ところで、三郎さん、仕事はどうなの？　また、なんでもう一度勉強する気になったの？」

「今は、生活保護の受付を担当しています。仕事はまあ、順調にこなしています。けれど、いくら頑張っても、多くの困っている人を援助出来ない。予算の関係もある。経済が良くないと、予算も増えない。それで経済を良くするにはどうしたら良いか。そんなことを考えていたら、〝経済〟ってなんだろうと思い出して。それで、経済学をもう一度勉強したくなったんです」

「ふ〜ん。三郎さん真面目ね。だけど前に言ったことがあるけど、なぜ、そんな丁寧な言葉を使うの？　変わっていないね」

「そうですね、だけど弥生さんも余り変わっていないように思えますよ。やりたいことがはっきりしていて、まっすぐそれに向かう。そして、一年半前と同じように、綺麗ですし」

「あっ、そんな事言えるようになったんだ。随分進歩したね。だけどお世辞でも嬉しいわ」

「お世辞じゃないですよ。ところで、弥生さんはあれから何をしていたんですか？　最終学年ですね。卒論のテーマは決まりましたか？　卒業したらどうされるんですか？」

「卒論はね、今国境が険悪になって、紛争が起きそうになっている。これを止めるためにはどうしたら良いか、歴史的観点から調べてまとめようと思っているの。これがむちゃくちゃ難しい。調べたいことがどんどん広がって、収拾がつかなくなっているの。それから、卒業したら、学校の先生になりたい。それも、都会の学校でなく地方の学校。三郎さんが暮らしている町なんかがいいなと思っているのよ」

「なぜ、僕が暮らしている町がいいの？」

「分からない？　相変わらず野暮天ね」

「野暮天ってなんですか？」

「野暮天は野暮天。あっ、そうだ、色々調べるとね、分からない事、疑問に思える事がいっぱい出てくる。それをメモに残しているんだけど、ちょっと工夫して手紙形式にしているの。あて先は野暮天さん。誰のことか分かるでしょ」

「僕ですか？」

「他に誰がいるのよ。本当に野暮天なんだから」

「そんなに野暮天ですか?」

「野暮天だけど、とても良い人。だから、桃花さんに逃げられたのね」

「そうですね。人の良い親戚のお兄さんが納まりがいいと思われています」

「だけど、九月になったら、学校でいつでも会えるね。楽しみだな。あっ、そうだ。さっき言ってた野暮天さんへの手紙、今持ってきているんだ。渡すから、読んでみて。そして、九月に会った時に、アドバイスしてね」

「アドバイスね。出来るかな。自信ないですよ」

「何でもいいの。単なる感想でもいいから、楽しみだな」

「そろそろ、時間ですね。何か食べますか? 一応給料取りだからおごりますよ」

「だけど、薄給でしょ。安くて美味しいもの。そうだ、ドライカレーにしよう。憶えている?」

「もちろんですよ。あの時は楽しかったですね。びっくりすることがいっぱいあった。玉枝さんや、至君のことも思い出すな」

「そうね、あの二人もまだ付き合ってるけど、問題があるみたい」

「どんな問題なんですか？」

「う〜ん、それは次に会った時にね」


三郎は、弥生を市駅まで送った。電車に乗る姿を見送った。その後、国鉄の大京駅に向かい、夜行列車で故郷に帰った。道中、弥生から渡された手紙を読んだ。


四十三年九月三日。

九月に入り最初の講義で、教授からこんな事を言われて、三郎は面食らった。

教授は「経済学は何を目的にするものかな？」

『経済を良くする方策を学ぶことです』

さらに教授は畳みかけてきた。「良い経済はどういうもので、悪い経済はどういうものだ？」

改めて問われると明確に答えられない。そのうちに講義は終わった。

例の〝泉〟で弥生と待ち合わせした。

「三郎さん、久しぶりの学生生活はどうだった？　講義は面白かった？」

「う〜ん、教授からいきなり『良い経済と悪い経済はどういうものだ？』と質問されて、答えられなかったですよ」

「一緒に考えようか」

「助かります。経済学を勉強しようと思ったきっかけは、福祉予算をもっと確保したかったからです。この目的からすると、お金を多くもらえるように、景気を良くすることになる。すると、経済学は景気を良くする方法を学ぶことになるけど、どこか違う気がします」

「そうね。私も違う気がする。単なる直感だけど」

「景気が良くなる時、逆に悪くなる時は、どんな原理が働いているのだろう。それが分かれば、その原理を使って、景気を良くする政策をとれば、国民は幸せになるのではないだろうか？　こんな事を今は考えています」

「多分その考えで正しいと思うけれど、三郎さん、まだ不満なところがあるんでしょ」

「鋭いですね。そうです、その原理が何なのかがまだつかめていませんから」

「いつも私たちって、会うとこんな難しい話ばっかりしているね。なぜなのかしら？」

「僕は楽しいですよ」

「ちょっと話題を変えない？　三郎さん何か趣味ないの？　音楽とか、スポーツとか、絵画とか」

「趣味ね。音楽は好きですよ。へたくそだけど暇を見つけてギターを弾いています」

「へ～、知らなかった。どんな曲が好きなの？」

「もっぱらクラシックです。ギターもクラシック。教則本をなぞっているだけです」

「私もギターは弾くよ。いつか合奏しようか？」

「いいですね。上手くいくかな」

「スポーツは？」

「球技はダメですね。見るのは好きですけど。自分でするなら、長距離走。いつかマラソンを走ってみたいと思っています」

「あはは、三郎さんらしいや。でも、私そんな人を一人知っているよ」

「どんな人ですか？　気になるな」

「気になる？　なぜ？　その人はもう死んじゃったの。私のお父さんよ」

「そうですか。いつ頃亡くなられたのですか？」

「今から十六年前、私がまだ五歳の頃。前の国境紛争の時に志願して、捕虜になり、大漢国の鉱山で強制労働させられている時に、病気で死んだの」

「そうですか。悲しいですね」

「あっ、こんな時間だ。出ようか」

〝泉〟を出ると、大学の正門前に、大漢国を非難する立て看板があった。

「また、国境で争いが起こりそうね。だんだん、息苦しくなって嫌だな」

「そうですね。弥生さんの父上のような悲劇が生まれる。誰も幸せにはなれない。僕たちも勉強どころではなくなるかも知れませんね」

「戦争を起こさせないために、私たちがしっかりしなくてはならないのね。

あっ、そうだ。八月に会った時に、玉枝と至のことをちょっと話したわね。至はね、紛争が起きたら、志願すると言って、玉枝が反対していたの。あの二人どうするのかな。至は青杜県出身で、紛争になったら一番先に影響を受ける。過去にも、親戚で命を落とした人がいるそうなのよ」

「そうですか。至君は体力に自信があって、血気さかんだからな。玉枝さんの心配もよく分かる。今度会ったら話を聞いてみるよ」

「もう帰ろうか。また、市駅まで送ってくれる？」

「もちろん。来週月曜日にまた会いましょう」

四十三年九月六日。

三郎が大学の正門前を通りすぎる時、一団の男たちがマイクを持って熱っぽく訴えていた。その男たちの中に、背の高い端正な顔だちの若者がいた。このグループのリーダーのようだ。

そのリーダーの主張は、

『今、大漢国との国境で紛争が起ころうとしている。今回の紛争は大漢国が不意に国境を越えて我が国の青杜県、岩手山県に侵入しようとしている。敵の狙いは、この秋の冷害を予測して、穀物を確保することだ。冷害は我が国でも深刻だ。しかし、大漢国政府は有効な事前の備えをせず、自分たちの失政を、外に敵を作り国民をだましている。このような事は、なにも今年だけの事ではない。過去に三回も紛争があった。我々は、何度も同じ事を繰り返したくない。今回こそ、国の全力をあげて、逆に大漢国に攻め込み、二度と侵略出来ないように、叩きのめそうではないか。学生諸君、今はのんびり勉学に励むが良い。しかし、紛争はどう転ぶかも分からない。戦況が思わしくなければ、諸君たちの力が要る。是非、その日のために心身を鍛え上げて欲しい。戦争に勝つためには装備も必要になる。今から、国防予算を増額して備えよう。諸君たちの愛国の心情を期待する』。このようなものだった。

三郎には、リーダーに見覚えがあったが思い出せなかった。

「三郎さん、どうしたの？　何を見ているの？」

「あっ、弥生さん、あそこで演説している人を見ているだけですよ。なかなかの名演説ですね」

「私、あの人を知っているよ。去年商学部を卒業して、有名商社に就職したはず」

「詳しいですね」

「実は、あの人に交際を求められたことがあるんだ。彼、カッコいいでしょ。頭も切れるし。言われた時は少し嬉しかったけど。気にならない？」

「う～ん」

「少しくらい気にしてよ。だけどね、結局断ったの。断る時、玉枝と至に応援してもらったんだ」

「へ～、そんな事があったんですね。弥生さんは、魅力的だから、他の人からも交際を求められたんじゃないですか？」

「どうでもいいじゃないの。また、〝泉〟に行こうか」

「野暮天さんへの手紙を読んだけれど、弥生さんはよく考えていると思いますよ。感心しました。

人のやっている事なんて、大漢国にも、倭国にも、国籍に関係なく似たところありますね。

そして、一番感心したのは、双方の国民の相手を見下す姿勢に問題があるんじゃないかとの指摘ですね。歴史、文化、学術、昔から交流があった二つの国の国民が、自分たちの優秀性を必要以上に意識したり、相手を侮辱することが、戦争回避への試みを妨げる、また戦争を長引かせるという指摘は鋭いと思いました。さすが歴史専攻生。

異常気象が増えているのも気になりますね。単なる偶然なのか、何か原因があるのではないか。疑問はどんどん広がりますね。全然アドバイスになっていないけれど」

「全然、気にしないよ。ただ聞いてくれるだけで。それにしても私たちって知らないことが多いね。あっ、そうだ、来週から教生が始まるの。約二ヶ月間。忙しくなるな。それと就職試験も受けなくっちゃ」

「どこで教生をするのですか?」

「ここの付属中学校で、歴史を教えるの。教える教生も大変だけど、習う方も大変だろうな」

「大丈夫ですよ、弥生さんなら。でも遠くの学校でなくて良かったですね」

「教生は近くだけど、就職先は遠くになるかもよ。例えば島本県とか。食べ物が美味しいらしいね」

「忙しくなるから、余り頻繁に会えなくなりますね」

「寂しい？　会う日を決めときましょ。原則第二、第四日曜日。場所はここ〝泉〟で」

「分かりました。教生が終わったらどこかハイキングに行きませんか？」

「嬉しい。三郎さんから提案があったの初めてよ。楽しみだな」


四十三年十月十四日。

「久しぶり。教生はどんな具合ですか？」

「とっても楽しいよ。生徒がみんな可愛くて。女の子と男の子とは随分雰囲気が違うのよ。中学生の頃は、女の子の方が大人なんだって、自分のことを思い出して可笑しくなったわ。男の子はまだ子供のまま、悪ふざけばっかりしているのよ」

「弥生さんはきっと人気者なんでしょうね」

「そうよ。授業が終わっても、遊びに誘いに来る。ソフトボールしたり、あっという間に時間が過ぎていくの。その後レポートをまとめるのだけど、なかなかこれが大変なんだ」

「就職活動はどうなっていますか？」

「来週、島本県の教員採用試験を受けに行く予定よ。ちょっと心配」

「弥生さんならきっと大丈夫ですよ。教員以外は興味ないですか？」

「女性の職場は限られているの。紡績会社から、女子社員の指導職としての求人があるので応募しようと思っているのよ。父が亡くなってから、母に苦労ばかりかけていたから、早く就職して、楽にさせてあげたくて」

「そうですか。どんなお母さんなのですか？」

「口の堅い人。お父さんとどうやって知り合ったのって聞いても笑ってごまかすだけ。しっかり者、笑い上戸、いつか紹介するね」

「そろそろ、出ましょうか？」

「最近町の雰囲気が変わりましたね」

「ついに戦争が始まったから。北の地方から疎開する人も出ているみたいね」

「これから色々な事が不自由になりますね。でも、僕たちはそれぞれ雰囲気に惑わされずに、するべきことをしなくてはなりませんね」


四十三年十月二十八日。

「弥生さん、お元気でしたか？　教生はあと二週間したら終わりですね」

「そうね。その前に、就職を何とかしなくっちゃ。教員採用試験結果を待つだけではだめだから。前に言っていた紡績会社も受ける。来週の日曜日。ところで三郎さん、貴方の仕事はどうなっているの？」

「実は、休職中です。勉強のめどがついたら復職する予定です。戦争のおかげで、役所もいろいろ仕事が増えて大変みたいで、早く帰って来いって言われてます」

「島本県の県庁だったね。前の職場にもどるの？」

「さあ、別の部署に行くかもしれません。休職期間は来年の三月までだから、勉強の方もそれまでにめどをつけなければならないんですよ」

「それでどうなの？　めどつきそう？」

「『経済生活』あるいは『社会生活』、『景気活性化』といったものに影響を与える『因子』が何か？　因子として『貨幣の供給量』など様々ある。『例えば、貨幣を豊富に発行して市中にまわせば、購買意欲がまして、流通、製造あらゆる活動が活発になるはずだ』という考え方もある。では、『どの程度貨幣量をふやせばどの程度の効果がでるのか？』『この問題については数式モデルを作って数学的に机上で実験すれば解は出せる』。まあこんな所ですが、僕は数学が苦手だから、これ以上は出来そうにないのです。残念ですけど。『だけど、景気が良くなったとしても社会の全員が豊かさを実感出来るのだろうか？』『仮に景気が良くなっても、その恩恵は一部の人に偏っているのではないのか？』。こんな疑問がわいてきます。最近では、僕は学者には向いていないなってことです。負け惜しみじゃないけど」

「それでいいのじゃないの。人それぞれだから」

〝泉〟を出ると、また一団の若者が集会を開いていた。中心で熱弁をふるっているのは、九月に熱弁をふるっている若者であった。

「あの人、また、私に交際を求めに来たのよ。話を聞いていたら、彼は今の商社からアメリゴ共和国に派遣されて、成果を挙げたって自慢していた。今は、防衛装備品の調達に奮闘しているらしい。多分、彼は自分をこの国にとって欠くことの出来ない重要人物だと思っている。だけど、彼は愛国心の必要性を訴えているけど、決して戦いの最前線に出ないだろうなと思うわ。それで、ますます彼のことを受け入れられなくて、きっぱり断ったわ。

彼は『誰か、好きな人がいるのか?』って聞くから、『ええ、決めた人がいる。貴方ほど颯爽《さっそう》としていないけど、とても温かい人です』と答えたのよ」

「そうですか。そんな事があったんですか?」

「それだけ?……」

そんな事を話しているうちに、市駅に着いた。弥生は湊町行きの電車に乗って、電車の窓から三郎に向かってアカンベエをして別れた。

四十三年十一月十日。

「弥生さん、教生が終わりましたね。お疲れ様でした」

「疲れてなんかないよ。楽しかった。生徒たちが可愛かった。生徒皆で寄せ書きを作ってプレゼントしてくれたのよ」

「約束どおり、ハイキングに行きましょう」

「今から?」

「今から。海がいいな。僕は山育ちだから、海にはなじみがないのですよ。どこか知りませんか?」

「そうね。じゃ、岬の灯台を見に行きましょう。大京駅から汽車で一時間。灯台前駅で降りて、歩いて一時間くらいかな。途中に美味しい魚料理の店があるはず」

灯台前駅で降りて、灯台に向かう道を歩く。良い匂いがしてきた。店先でイカを焼いている。

「あそこにしましょうか」

「うん、そうしよう。海鮮どんぶりが美味しそうよ」

「僕は、イカ焼き定食にする。半分こしましょうか？」

「決めた。そうしましょう。ビールは我慢する？」

「もちろん」


灯台に登って海を眺める。静かな波が、光を反射して眩しい。

港から大きな黒い船が出てきた。これから北の国境に向かう軍艦だった。弥生と三郎との思いとは関係なく、国境紛争は拡大している。そして、今は大漢軍の方が優勢であった。


大京駅に帰り着き、駅の外に出てみると、友人二人が言い争いをしている。玉枝と至の二人だ。

「至、どうしても行くの？　私がこんなに頼んでも？」

「玉枝、やはり俺は行く。高校時代の親友が戦死しているんだ。仇を討ちたい。分かってくれとは言わない。泣かないでくれ」

「至君は、やっぱり志願したんだね。玉枝が、泣いている。私、玉枝のところに行く。三郎さん、至君のところに行って！」

「玉枝。落ち着いて。一体どうしたの？」

「弥生。私どうしたらいいの？　至は私のことどうなってもいいと思っているんだ。赤ちゃんがいるんだよ。このお腹の中に」

「えっ、至君はそのこと知ってるの？」

「知らない。まだ話してないの」

「なぜ？　そんな大事な事。三郎さん、三郎さん、こっちに来て！」

「どうしたんですか？」

「いい、至君のところに走って行って、こう伝えて。『玉枝のお腹の中に、至君の赤ちゃんがいる』って！　それだけでいいから、とにかく急いで」

「至君。大事な話だ。よく聞いてくれ。『玉枝さんのお腹の中に、君の赤ちゃんがいる』どういう意味か分かるな」

「分かった。知らなかった。玉枝に伝えてくれ。『俺はどんな事があっても、玉枝のところに帰ってくる。たとえ腕が一本なくなっても。約束する』、そう伝えてくれ。それから教えてくれてありがとう。もう出発の時間だ。君たちも元気でな。玉枝のことよろしく頼む」

至は多くの若者と一緒に、北に向かう列車に乗り込んだ。窓から顔を出し玉枝を探し、帽子を振って何か大声で叫んでいた。

玉枝はまだ泣きやまない。

心配になった弥生は玉枝を、弥生の家に誘った。

「玉枝、これからどうするの?」

「分からない。もうどうなってもいい」

「ダメよ。やけになったら。ね、今晩うちに泊まらない。私のお母さんに話を聞いてもらうの。前にも言ったけど、私の父は志願して、結局帰らなかった。今後どうしたらいいか、アドバイスしてくれるかもしれないし」

第七章　戦況

四十三年十二月十一日。

〝泉〟にて。

「弥生さん、下津紡績の合格おめでとうございます。良かったですね」

「ありがとう。島本県の教員採用試験は不合格で落ち込んでいたけど、これでホッとしたわ」

「下津紡績はどんな会社ですか？」

「創業五十年くらいの古い会社だけど、従業員への待遇は良いと聞いているわ。会社の場所は、山岡県の西の端にあって、これも古い歴史のある湊町なのよ。故郷の大京市の湊町に良く似ているの。島本県の榎町とは汽車で二時間くらい。三郎さんが元の職場に戻ったら、気が向いたらすぐに会えるね」

「ところで、弥生さん。先日、市駅で湊町行きの電車から、アカンベエをしたことあったでしょ」

「そんなことあったかな」

「あのアカンベエの意味が分かりましたよ」

「本当、それで?」

「きっかけは、玉枝さんのお腹に至君の赤ちゃんがいるって聞いた時、そしてそれを至君に伝えた時の至君の顔を見た時、ですよ」

「うん、それで?」

「あの二人に比べたら、僕は中途半端な意気地なしだと思いました」

「それで?」

「思い切って言います。弥生さん、僕は貴女が好きです。今すぐではないけど、いつか結婚してくれませんか?」

「いつか? いつでもいいよ。もお、アカンベエをしないよ」

「ありがとう。断られたらどうしようと不安だったが。思い切って良かった。玉枝さんと至君に感謝しなくちゃね」

「いつでもいいって言ったけど、お母さんにも同じ事を言ってね」

「分かりました。お母さんに『いつか結婚してください』って言うんですね」

「ばか！」

「それはそうと、至君は無事なんだろうか？　玉枝さんから何か聞いていませんか？」

「時々手紙が来るけど、どこで何をしているかは軍の機密漏えい防止のため詳しくは書かれていないって。でも、元気なのは確からしいよ。彼は体力があるから活躍しているらしい。けど、それが却って玉枝には心配なの。張り切りすぎて危ないことをしないかって」

「前に赤ちゃんの話をした時の彼の表情から考えると、慎重にする気持ちになっているように思えますよ。父親の自覚なのかな。玉枝さんに教えてやってください」

「分かった。だけど戦争はどうなっているのだろう。何か、形勢が悪いみたいに感じるよ。北から避難してくる人が増えているね。物価も上がっているし、暮らしにくくなっている。それに街の雰囲気がますますとげとげしくなっているわ」

「戦況が良くないのは事実みたいですね。青杜県のほぼ全域が大漢国軍の支配下に入ったと報じられていました」

「それでどうなるんだろう？　どんどん攻め込まれるのかな？　心配で眠れないわ」

「政府は、アメリゴ共和国に支援を求めていると、今日のニュースにありました。だけど、『他国の支援にばかり頼りにしてはいけない。若者は進んで国土防衛に志願しろ』。こう主張する声が大きくなっている」

「そうだね。至君みたいな人が狩り出されるのだろうね」

「ほら、以前大学の前で演説していた人がいたでしょう。彼なんかその意見の中心人物らしいよ」

「ああ、彼ね。賢一先輩。だけど何となくだけど、彼は志願しないと思うわ。彼は、自分は重要人物だから、戦場ではなくアメリゴ共和国との交渉とかの重要任務に就くとか理由を言って、志願しないような気がする。彼は頭がいいから」

「アメリゴ共和国の支援がどんなものになるか、とても心配です。仮にアメリゴ軍が参戦するようなことになったら、別の大きな問題が発生しそうですし」

「別の問題って？」

「例えば、戦場が大きく拡大するとか。また、アメリゴ共和国に大きな借りを作り、アメリゴ共和国の属国になりはしないかとか」

「それで三郎さん、貴方どうするの？　志願するの？」

「多分志願しない、出来ないと思う。僕は臆病者だから。軽蔑するでしょ」

「ううん、軽蔑しない。自分のことを臆病者と言える人は、決して臆病者ではないと思う。私のお父さんがそういう人だったって、お母さんが言っていた」

「そうですか。お母さんの意見も聞いてみたいですね」

「世間がもうちょっと落ち着いたら、機会を作るね」

「もう遅いから出ましょうか」


〟泉〟を出て、市駅に向かう。

「三郎さん、なぜ、手をズボンのポケットにつっ込んでいるの？　そうやって背中を丸めてるとじじむさいよ。手を出して」

弥生が三郎の手を握る。

「ひょっとして、僕たち手をつなぐのは初めてなのかな」

市駅で別れる。弥生は電車の窓からニコニコして手を振っていた。


四十三年十二月三十日。

アメリゴ共和国からの武器援助を受けて、倭国軍が反攻を開始した。アメリゴ共和国から援助された長距離砲が大いに威力を発揮しだした。遠方からの砲撃で、大漢国軍の後方にある、兵站基地に打撃を与え、その効果が徐々に効いてきた。そのような報道が街に流れ、人々の顔には明るさが徐々に戻っていた。しかし、物資は不足し、物価は高止まりしていた。しわ寄せは、もともと経済基盤の弱い人々を襲い苦しめている。生活保護を受けていた家庭はその影響をもろに受けていた。物価が上がっても支給額は簡単には上がらない。また、政府にも財政負担が重荷となり、支給額の増額など出来る状態ではなかった。そんな報道を聞いて、三郎は大いに焦った。休職期間は来年三月末までだが、それより早く復職すべきだと思うようになっていた。そんな精神状態だからだろうか、弥生との交際も盛り上がりに欠け、遅々として進まなかった。弥生はそんな三郎の姿を見ても、焦ることはなかった。三郎の優柔不断なことは充分理解していたからだった。

〝泉〟にて。

「弥生さん、僕は先日島本県庁に復職願いを出したんですよ。貴女には何も相談せずに、申し訳ありません」

「気にしないでいいわ。色々考えた結果なんでしょ。私は私で自分の道を歩いていくから。復職願いが許されたら、また一緒に考えましょ」

四十四年一月十日。

戦況は大きく動いていた。アメリゴ共和国から供給された長距離砲の威力を背景に、大漢国軍を追い詰め、元の国境まで後退させた。街はこの朗報で沸きかえっていた。両国の間で停戦の機運が高まり、アメリゴ共和国の斡旋で交渉が始まった。戦地から徐々に兵士が帰還してくる。まず帰ってきたのは負傷した兵士であった。その兵士の中に至の名前があった。どんな負傷なのか分からないが、その知らせは玉枝を喜ばせた。今日は、至が帰ってくる。大京駅に帰ってくる。玉枝は弥生を誘って迎えに行くことにした。三郎も同伴する。

「いい、玉枝、お腹の中に赤ちゃんがいるんだから、何があってもうろたえたらダメだよ。至の姿が見えても走り出したらダメだよ。至がどんな姿していても泣いたらだめだよ」

「弥生、分かってる。もしうろたえたら押さえつけてね。私の顔、変じゃない？　髪の毛は綺麗にしてある？」

「うん、玉枝はいつ見ても綺麗で可愛いよ」

兵士が次々と列車からホームに降りてくる。至はなかなか出てこない。玉枝は嫌な予感がして、弥生にしがみついた。

「あっ、あれが至君じゃないか」。三郎が声をあげた。

「お～い、至君。こっちだ。皆で迎えに来たよ」

至の姿は、髪はぼうぼう、髭も伸び放題。ほほはこけ、鋭い目をしていた。彼の左手は肘から先がなかった。至は玉枝を見つけ一瞬微笑んだ。それから自分の左手を見やって苦笑いした。

弥生は玉枝の前に出て、玉枝が走り出すのを止めようとした。それでも玉枝は弥生を押しのけ、至の前に行く。ゆっくり足を運ぶ。至に抱きつき、激しく泣いた。弥生と三郎はそんな二人を見つめることしか出来なかった。


しばらくして、玉枝が落ち着くのを待って三郎が話しかける。

「至君、お帰りなさい。怪我をしたんですね。痛みはまだありますか？」

「痛みはもう感じないよ。玉枝、俺は約束を守っただろう。『たとえ腕がなくなっても必ず帰ってくる』って。もう泣くなよ。帰還おめでとうって言ってくれ」

しばらくして三郎が再び話しだした。

「こんなところで立ち話してたら邪魔になるから、どこかに行こうか。それと、至君、今は何がしたい？」

「そうだな、風呂に入りたいな」

「それなら、うちにおいでよ。近所に風呂屋もあるし。お母さんに至君が帰ってくるって言ったら、是非、家に連れてきなさいって言われてたんだよ。至君、私のお母さんに会ったことないでしょ。至君が出征する時に玉枝も家に泊まったんだよ。だから事情はみんな知っているし」

「至、そうしよう。とてもいいお母さんよ。苦労されているから今後の事も親身に相談に乗ってもらえるよ」。玉枝が賛成した。興奮はさめ、落ち着いた声をしている。

「じゃ、決まった。三郎さん、貴方も一緒に来て。お母さんに電話してくる。その間に三郎さん、切符買っておいて」

湊町の弥生の家で。

「至さん、大変でしたね。本当にご苦労さまでした。貴方のことは玉枝さんから伺っていますよ。まずは、疲れを取ってください。あっ、彼方が野暮天さんね。はじめまして。お会い出来て嬉しいですわ」と弥生の母・千代子が笑いながら話した。

「三郎君、野暮天ってなんの事だ？」。至が尋ねる。

「さあ、それより早く風呂に行こうぜ。着替えはあるのか？」

「弥生、押入れにお父さんの服があるはず。背格好が似ているから、使えるでしょ。出して」

「ありがとうございます。遠慮なく使わせてもらいます」


風呂で。

「左手がないと不便だろうね。手伝える事があったら遠慮なく言ってください」

「ありがとう。今のところタオルを絞るくらいだな。これからもどんなに不自由でも、自分でやらなくてはならないからな」

「そうですか。遠慮なく言ってくださいよ」

「それじゃ、背中をこすってくれないか。今まで手がない人はどうやっていたんだろうな。

何とか工夫して自分で出来るようにならなきゃな」

「至君は強いな。僕にはとてもそんな前向きな考えは出来そうにないよ。でも、何でも自分でと思い込まないで、誰かに頼ることは大切なこともあると思うよ。玉枝さんもそう考えると思うよ」

「分かった。玉枝ともじっくり話し合ってみるよ」

「さあ、至さん、三郎さん、すっきりしましたか？　随分男前が上がったみたいね。うちは女の子ばっかりだから、男の人がどんなものを食べたいのかよく分からないのよ。もっとも分かっても世間がこんなだから手に入らないものも多いし、しっかり食べてね」

「玉枝さん、さっき至君に『手が一本ないと色々不自由だろうけれど、何でも自分で抱え込まずに、信頼出来る相手には、気軽に頼んだ方が良いよ。玉枝さんもそれの方が嬉しいはずだよ』と言ったんだけれど、僕はそう思うよ」。三郎が話した。

「三郎さん、ありがとう。私、至を見てどう接したら良いか悩んでいたの。至は昔から何でも自分で決めて、何でもやりたがる方だから。三郎さんの言葉を聞いてどうすべきかが分かったわ」

「玉枝、本当にそうよ。二人でよく話し合って、今この時に最も良いことを、二人で協力してやれば、それはそれで素晴らしい生活になると思うわ。もちろん私たちも応援するからね。決して遠慮しないでね。なにせ、二人には借りがあるから」。弥生が身を乗り出して話した。

「貸し、そんなのあった？」

「ほら、賢一さんと〝ヴィーナス〟で会っている時、助けてくれたじゃない」

「ああ、あの時の事ね。随分昔の事のように思うわ。だけどあの時の彼の顔、思い出すだけで可笑しくなるわ」


「ところで、三郎君、戦場では分からないのだが、今、戦況はどうなっている？　それと街の人々は今後どうしようとするのか、分かっている範囲でいいから教えてくれないか」

「戦況が我々の方に傾いているとの認識は全国民に行き渡っている。それでも意見は大きく二つに分かれている。一つは、『もう戦争は真っ平だ。停戦交渉を始めて戦争を終わらせたい』というものだ。

もう一つは『この戦争は大漢国が仕かけてきた。我々は何も悪くない。それにもかかわらず、人々は殺され傷つき、国土は荒れた。侵略してきた大漢国に相応の償いをさせねばならない。二度とこのような無法行為が出来ないよう、敵を追い詰めよう。幸い、戦況は我々に傾いている。敵の首都に攻め込むことも目前だ。完全勝利のために、もう一歩のところまで来ている。今は苦しいが敵はもっと苦しいはずだ。尊い血を流した我々の勇士の志を無駄には出来ない。停戦は敵の首都を落としてからだ。そうすれば戦争被害の賠償として、例えば大漢国の土地の割譲も夢ではない』。こんな意見だよ。君も知っている賢一君は後者の意見の代表者だよ」

「賢一はそんな事を言っているのか。三郎君はどちらの意見に賛同するのだ？」

「現に、負傷した至君を前にすると言いにくいんだが、僕は第一の意見に賛同するよ」

「僕がどういう状況で負傷したか、まだ言ってなかったな。負傷したのは国境を越えた、大漢国の小さな農村だった。一時は、大漢国の軍隊が駐留していて、双方にとって重要なポイントだと上官から言われていた。農民はとっくに逃亡していて、敵軍も撤退していた。農村はひどい有様だった。家屋は略奪されていた。僕たちは敵がまだどこかに隠れているのではないかと注意しながら進んでいた。すると突然僕の左側で爆発音がした。僕の左にいた戦友が対人地雷に触れて、即死した。地雷の破片が僕の左腕を直撃したんだ。対人地雷の恐ろしさを理解出来るか？」

「多分表面的なことしか理解出来ないと思う」

「対人地雷は非常に卑怯な、厄介な武器だ。対人地雷の目的は、敵の兵士を殺さなくてもいい。むしろ負傷させて戦闘能力を奪う目的で作られる。負傷兵の救出や治療などで人手を多くとられる。だから、そんなに破壊力を必要としない。ということはどういうことか分かるか？」

「安価に大量に作ることが出来る」

「そうだ、そして厄介なのは、戦闘が終わっても大量にまかれた地雷が残される。これに触れて被害をこうむる人が出る。最も多いのは農民なんだ。これは何も敵方だけが仕かけるものではなく、味方も形勢が悪くなると対人地雷をまくことも普通に行われている」

「本当にむごい話だね。一体誰が戦争なんかをしたがるんだろう。誰の得にもならないのに」

「それが、戦争を求める者がいるんだな。今回アメリゴ共和国から支援を受けているけれど、アメリゴ共和国の軍需産業は好景気に沸いている。それだけならまだしも、停戦によって戦闘が終わると、軍需産業の仕事が減り、失業者が出かねない。だから、何とか理屈をつけて戦争を長引かせたいと考える者もいるんだ」

「その理屈はよく分かる。何かというと愛国心を強調する人が増えてきたね。彼らの言葉は一見力強く、明快で民衆の心をつかみやすいように思えるね」

「さあ、もう遅いわ。そろそろ寝ましょう。至さんと玉枝さんは二階の部屋を使ってね。三郎さんは靖男さんの部屋、弥生は私と一緒にこの居間で休みましょう」

「靖男というのは私のお父さんよ」

第八章　玉枝と至の門出

弥生の家の二階の部屋にて。

「玉枝、いや玉枝さん」

「何、至」

「俺は帰ってきたけど、こんな体になった。今後厳しい生活が待っている。玉枝さんと、今までの関係を続けて良いのか正直自信がない。玉枝さん、貴女は俺に遠慮することはない。どうするか正直なところを教えてください」

「至、何言ってるの。三郎さんの言葉聞かなかったの？　至はそんな意気地なしだったの？私の心はもう固まっている。今、至に必要なのは古い言葉でいえば不退転の決意よ」

「不退転の決意か？」

「まだ分かんないの。私たちの関係は何なの？　単なる異性の友達にすぎないの？　結婚も出来ていない。中途半端なままなのよ。正式の結婚は不退転の決意になるわ」

「そうだな、もう泣き言は言わない。結婚しよう」

「だめ、ちゃんと手順を踏んで。至はまだプロポーズしていないよ」

「そうだ。俺は甘えていた。改めてお願いする。玉枝さん、俺と結婚してくれませんか？」

「いいわ。明日、市役所に行きましょう。立会人は弥生と三郎。彼らも喜んでくれると思うわ」


翌朝、弥生の家の居間にて。

「弥生さん、三郎君、そしてお母さん。実は、僕は昨日、玉枝さんにプロポーズしました。彼女は快諾してくれました。それで、今日市役所に行って、婚姻届を出そうと思う」。至が照れくさそうに話した。

「それで、弥生と三郎さん、立会人を務めて欲しいの」。玉枝が続けた。

「おめでとう。喜んで立会人を務めるわ」。弥生がすかさず言った。

「それは、本当におめでとうございます。ところで二人はどこに住むの？　届出には住所も必要ではないの？」。弥生の母・千代子が言った。

「そうか、そこまで考えてもいなかった。食事が終わったら住むところを探しに行きます」

「まあ、のんきね。どう、適当なところが見つかるまで、それと二人がどう生活するか決まるまで、この家に住んだら？　弥生はどうせ四月には出て行っちゃうし」

「そうだよ、そうだよ。そうしなよ。私が邪魔だったら、三郎のところに転がり込むから」

「だけど、それでは余りご迷惑ではないかしら」。玉枝が躊躇《ちゅうちょ》する。

「昨日、言っただろう。何でも自分で抱え込まなくて良いのだ。親しい人に頼るのは、頼られる人も嬉しいのだよ。今は、まだ戦争は続いているし、困難な生活は続く。皆で助け合わなくっちゃ。弥生さんが僕のところに転がりこむのはちょっとなあ、問題だけど」。三郎が言う。

「ところで玉枝さん、貴女のご両親はこのこと知っているの？　了解を得ているの？」。千代子が問いただす。

「いえ、まだ知らせていません。反対されても私は結婚します」

「ダメよ、周りの人に、特に家族に祝福してもらうことが大切よ。赤ちゃんが出来ると聞いたら、ご両親もお喜びになると思うわ。ところで生まれるのはいつ？」

「予定は四月です」

「なら、今は比較的安定している時ね。ご両親に伝えるのは早い方がいいわよ」

「住むところ、仕事、色々決めなきゃならないことが多いな。俺は本当にうかつだった。まだだ玉枝と話し合わなければならないことがいっぱいあるな」。至がつぶやく。

「さあ、それでは食事にしましょう、すんだら忙しいわよ。私は仕事に出かけるから、弥生、あとはよろしくね」


市役所にて。

「私たち婚姻届を出したいのですが」。玉枝が言う。

「えっと、四人ともですか？」。係官が尋ねた。

「いいえ、この人と私です。こちらの二人は立会人です」。玉枝は答えた。

「おめでとうございます。では、この書類にご記入ください。ところで大変失礼ですが、貴方は腕をどうなさいましたか？」

「彼は、昨日戦地から戻りました。戦地で負傷したのです」。三郎が言い添えた。

「そうでしたか、ご苦労なさいましたね。ところで戦傷者に年金が支給されること、勲章が授与されることをご存知ですか？」

「いや、知りません。勲章なんて僕は別段手柄を挙げているわけではないし」

「いえ、そんな事はありません。国民はあなた方に感謝の意を示したいのです。手続きがありますので、婚姻届が終わったら、そちらの係りにご案内しますね」。初老の係員が言った。

「至君、遠慮することはない。どうどうと受け取れば良いと思うよ。それにいつかその勲章が役に立つような気がする。細かいことはあとで説明するよ」


婚姻届が受理されたあと、三郎が言った。

「おめでとう、至君、玉枝さん。君たちは戦傷者年金の手続きに行ってください。僕たちはどこかで待っているから。弥生さんどこかいいところ知らない？」

「そうね、市役所の側に〝モコ〟っていう喫茶店があったわ。雰囲気の良い店で、軽い食事も取れる。そこでいい？　玉枝、場所知っている？　だけど、三郎さん随分変わったね、前はこんなに積極的な発言しなかったのに」

「多分、至君と玉枝さんに刺激されたんだろうね」


〝モコ〞にて。

弥生と三郎が待っていると、玉枝と至が入ってきた。

「お待たせしました。弥生、三郎さん、今日は本当にありがとう」。玉枝が言う。

「手続きは全部すんだよ。だけど、三郎君、俺は勲章なんか欲しくないよ。勲章を見たら、横で死んだ戦友を思い出すだろうし。だけど、君が勲章をもらえって言うにはわけがあるんだろう。それを説明してくれよ」

「昨晩話しただろう。今後この戦争はどうなるのだろうか予断を許さない。なるべく早く停戦にしたい人と、あくまで大漢国の非道をとがめて徹底的に闘うべしと言う人に分かれるだろう。そして、僕の見るところ、後者の意見が大勢を占めるだろうね。だけど、僕はこの考え方に賛成出来ない。戦争のことだが、今の戦況がこのまま続くかどうか分からない。大漢国の国民も意地を見せるだろう。我が方が不利になったら、そんな時、好戦派の政治家たちはどうするだろうか？　彼らは面子を重んじ、戦争の継続を求めるだろうね。極端な場合は徴兵制を採用するかもしれない。そうなったら、僕は反対の立場を表明するかも知れない。僕は臆病者だから、戦場には行きたくない。多分、孤立無援の立場になるだろうな。至君、君はどうする？　もし、僕と同じ意見なら、応援に回ってもらえるか？　君が立ってくれるなら、その勲章は人々を説得するのに大きな役割を果たすかもしれない。そんな事を考えていたんだ」

「すごいな、三郎君、そんな事まで考えていたのか」。至がうなずいた。

「三郎さん、変わったね。前も言ったけど、貴方は臆病者じゃないわ」。弥生が言う。

「いや、口先だけかもしれない。その場になったら何も出来ないかもしれない。人の性格なんてそんなに変われないと思う」

「それでこれからどうするの？」。弥生が尋ねた。

「まず、玉枝さんのご両親に会いに行く。今日中にも。玉枝さんそれでいいか？」

「いいよ。だけどちょっと心配だな。お母さんはいいけど、お父さんがね、とにかく頑固なんだから」

「それと、生活をどうするか？　元の職場には戻れそうにないし。それに戦争に行って分かったけど、戦争は二度と起こしてはいけない。これを若い人に伝えたい。そんな柄じゃないけど、学校の先生になりたい。生活に余裕が出来たら、教師になるための勉強をしたいな」

「それは良い考えだね。余裕が出来たらなんて言わずに、今から準備したら。四月からもう一度学校に行くなんてどうですか？」。三郎が後押しをした。

玉枝の家にて。

玉枝、至が玉枝の両親の前に座っている。

玉枝の母親の京子は玉枝が妊娠していることを聞いて、無条件に喜んでいたが、夫の手前、喜んでばかりではなかった。

玉枝の父親・淳二は、腕を組み苦虫をつぶしたような顔をしていた。

「それで、至さんとやら。どうするつもりだ？　聞くと国境に行って左腕をなくした。そんなハンディキャップを抱えながら、家族を食わしていけるのか？　君の覚悟を聞きたい」

「おっしゃるとおり、私は障碍者です。また、今のところどうやって生活していくか具体的なプランはありません。それと、正式な結婚をせずに、玉枝さんとはこんな関係になってしまいました。ご両親のお怒りは理解出来ます。申し訳ありませんでした」

「お父さん、至さんが帰ってから、よく話し合いました。私たち確かに軽はずみだったと思います。でも、傷を負った至さんを見て、色々話しているうちに、本当に素晴らしい人だと確信したわ。今後どんなことがあっても一緒に暮らしていこうと決めたの。そして、友達の勧めもあって、昨日婚姻届を出しました。退路を断つ覚悟の一つとして。分かってもらえる」

「親になんの相談もせずにか？　京子、お前は知っていたのか？」

「知りませんよ。だけど玉枝の顔を見ると、なにか良いことがあるんだなと思っていたわ」

「それで、二人はどこに住むのだ？　また仕事はどうする？」

「住む場所は、友人の母親のご好意で、その家の離れに住もうと思っています。そして、仕事は教師になりたいと思っています。働きながら、大学に復学しようと思っています」

「随分甘いな。友人とはいえ、他人の世話になるのは、わしは気に入らん」

「お父さん、なにもそこまで……」。京子が口を挟むのを手で制して、

「至さんとやら、あんたがどれだけ根性があるか、わしが確かめる。それまで、玉枝の夫でも赤の他人だ。良いな。それから、仕事はうちの工場を手伝え。小さな町工場だが、仕事はそれなりにある。玉枝も事務員になれ。狭いが社宅が一つ空いている。そこから工場に通え。至さんは見習いだから給料は当分ないものとする。玉枝には事務員の給与は出す。これがわしの考えだ。同意出来なければ、この家から出て行きなさい。話は終わりだ。京子、今日は泊めてやれ。飯も頼む」

父親の淳二が立ち上がり、席をはずした。

「僕たちは許されたのかな？　お母さんどう思います？」

「さあ、多分、孫が出来るかもしれないって喜んでいるかもよ」

「でも、どうしたら良いのだろう。甘えすぎではないだろうか。玉枝の意見は？」

「お父さんの提案に乗りましょう。でも、しっかり仕事をしないと容赦はしないよ。自分に厳しいから、他人にも厳しいから」

「お父さんの工場って、何を作っているんだ？」

「小さな鉄工所よ。何を作ってるか詳しくは知らないの。でも。忙しそうよ」

「俺の出来ることあるかな?」

「今から何言ってるのよ。退路断ってきたんでしょ」

「さあ、お父さんはああ言ったけど、本当は嬉しいのよ。さあ、ご飯にしましょ。だけど、至さん、貴方のご家族はどう思っているの?」。京子が言った。

「いけね、まだ戦場から帰ってきたことも、玉枝さんのことも何にも知らせていない」

「もう、至ったらいつもこんなんだから」

「明日にでも、二人でご家族に会いに行ってらっしゃい」

「そうします。ありがとうございます。それから、玉枝さん、弥生さんや三郎君に手紙でこうなったと伝えてくれるか」


「仕事だけど、鉄工所と言ってたね。俺は工学部だったから、役に立てると思う。だけど、いちから勉強のつもりで、お父さんの仕事を手伝う。片手でもハンマーは振るえるはずだ。見ててくれ」

「至、それぞれ、なんにでも挑戦しましょ」

翌日、朝七時　工場にて。

玉枝の父・淳二が工場のシャッターを開けた。淳二の後ろに至がいた。工場の始業は九時からだが、朝一番に工場の様子を確認するのが、淳二の日課であった。至はその日課を前日聞いていて、その日課から学ぼうとした。

淳二は無言で、配電盤の様子、旋盤など工具の様子をいとおしそうに見回っていく。至は工学部なので、工具がどういう働きをするか理解はしていた。しかし、自分で操作出来るか自信がない。片腕のハンディキャップは想像以上に大きいと実感した。『でも、使いこなしてみせる。適当な補助具を開発すれば、乗り越えることが出来るはずだ。図面は学生時代から得意だった』。決意を新たにした。

半年が過ぎた。四月には玉枝が男子を出産した。淳二はどう振る舞ったら良いか分からず、うろうろするばかりだ。至との関係も良好だ。

至が自ら図面を書いて製作した補助具を使い、文字どおりハンマーを振るう。その姿勢に好感を持った。

「社長。最近注文の品の傾向が変わってきていますね。僕が作った補助具を見て、義肢や義足の相談が増えています」。至が社長の淳二に話しかけた。

「そうだな、戦争が長引いて、負傷する人が増えた。その影響だろうな。至君、なにかアイデアがあるのか?」

「はい、負傷した人の怪我の状況は、みなそれぞれ異なります。義肢、義足は大量生産に向いていません。個別の少量生産になります。しかし、基本部分は共通の部品が使えます。その義肢・義足の受注生産をしたらどうかと思います」

「そうだな、難しいがこの鉄工所も大手の下請け仕事だけでは先細りが必至だな。分かった、やってみよう。至君、あんたが責任者だ。失敗は許されんぞ」

「分かっています、退路は断ちました。一時は教師になるなど言っていましたが、ここの仕事が僕の居場所だと痛感しています」

「しっかりやってくれ。それにしても負傷兵が増えた気がするな。戦況はどうなっているんだろう?」

「今のところ、我が軍が有利だそうですが、大漢国の反撃も激しくなってきました。首都陥落も目前ですが、予断は許されないようですね」

「政府は何を考えているんだろうな?」

「噂ですが、アメリゴ共和国でも、停戦派と戦争継続派に分かれているようですね」

「それは、どういうことだ?」

「戦争は、世界全体から見たら、人の流れ、物の流れが悪くなり、経済成長にマイナスになるとの意見が生まれたそうです。それで、我が国への武器援助も減らせという意見が出ているようです」

「そうか。それで我が政府は何を考えているのか?」

「よく分かりません。本音では停戦したいと思っている人もいるようですが、まだ少数派です。せめて大漢国の首都・長安市を落としてから停戦交渉したいというのが主流派だと噂で聞きました。でも、長い戦争で兵隊が少なくなってきた。アメリゴ共和国の武器援助がなくなる前に、戦果を上げたい。必要ならば、徴兵制導入もやむなしと考えている者もいると聞きました」

「ばかげているな、どんな奴がそんな事を主張しているのだ？」

「徴兵制になれば、僕はこの体だから対象外になるだろうけど、工場にいる若い社員は対象になる可能性がありますね」

「徴兵制が実現しそうになったら、至君、お前はどうするんだ？」

「社長、言いにくいのですが、僕は反対するでしょう。この左腕をなくしたことが動機です。僕のような痛みや苦労をもう誰もして欲しくありません。それはこの国においても大漢国においても同じです。多分、風当たりは強くなるでしょうね。前に、玉枝と僕たち共通の友人の話をしたことがありましたね。三郎君です。彼は日頃おとなしいのですが、多分、反対論を展開するでしょうね。その時は、彼の応援に駆けつけるつもりです。勝手なことばかり言いますが、お許しください」

「玉枝は承知しているのか？」

「はい。承知しています」

「そうか。若い者には敵わないな。心おきなく信じる道を行きなさい」

第九章　戦火拡大

大漢国との戦争が始まって二年目の冬を迎えた。戦況はかろうじて倭国の優勢に進んでいる。大漢国の各都市で勝利を得ていた。しかし、ここに来てアメリゴ共和国の姿勢が変化してきた。長距離砲はまだ手元にあるが、砲弾の提供が打ち切られた。理由は色々ある。一つは武器の提供はアメリゴ共和国にとって利益になるよりも、軍需産業に資源が集中することで、期待に反して国全体の景気に好影響を与えないと分かったことだ。

大漢国の国民の疲弊ぶりが世界各国の報道機関から流され、国際的な同情を集めている。大漢国民の疲弊には、倭国の戦争の仕方にも問題があった。大漢国は国土が広大で、進軍すればするほど兵站がのび、最前線の将兵に充分な食料が行き届かなくなった。あってはならないことだが、倭国の兵による略奪も散見されるようになった、倭国の政府は、徐々に焦りを感じ始めて、本音では停戦のきっかけを模索していた。強硬派の見解は、大漢国の首都を落としてから有利な条件で停戦を進めるとのことだった。倭国の国民の大多数も、今までの報道が、我が方有利とのことで、この強硬派に近いものだった。

政府は禁じ手を使った。兵力不足を補うため徴兵制導入を図った。徴兵制導入に大いに貢献したのは、〝愛国心〟だった。

世論は二つに割れた。各地で集会が開かれ、双方で暴力沙汰も起きた。

ここ大京市でも、大学前に両派が対峙して、論陣を張っていた。

徴兵賛成派の先頭に、賢一がいた。彼の訴えは力強く、多くの若者の心をつかんでいた。

一方、反対派の壇上に立っていたのは、ヒョロッと背は高いが何となく気弱そうな青年だった。三郎だ。

三郎の論理は明確だった。

『皆さん、戦況は我が国に有利だと伝えられていますが、皆さんの生活は良くなっていますか？　暮らしやすくなっていますか？　また皆さんの友人や家族に、戦地に行って帰ってこられなかった人、傷ついて帰った人はおられませんか？　仮に徴兵制で集めた兵隊を送って大漢国に勝利したとしましょう。勝利したら、皆さんの生活は本当に良くなるのですか？　多額の賠償金を得られるでしょう。しかし、賠償金は直接皆さんの生活向上に使われるでしょうか？　私は疑わしいと思っています。それに、その賠償金の出どころはどこになるのでしょう？　大漢国の国民です。その時、大漢国は戦いに敗れているはずですから、その経済基盤は私たちより各段に劣悪だと想像出来ます。その劣悪な経済状況にある人々から、なけなしの金や物を取り上げることになります。そうなったらそれらの人は、私たちに好印象を持つでしょうか？　恨みに思うのが普通です。戦争をしかけた奴が悪い。罰を受けるのは当然だ。正義のために必要なのだというのですか？　正義って何でしょう。正義のために苦しむ人が生じるなら、私はそんな正義を欲しません。もう充分に闘いました。まずは戦いをやめましょう』

三郎がこう話すと、向かいのグループの壇上に男が立った。賢一だ。

『諸君、だまされてはいけない。世の中に正義がなくなれば、社会は混乱する。彼は、もっともらしい事を言ってるが、自分が戦場に行きたくないだけだ。彼は臆病者だ。諸君は違う。臆病者の話に耳を傾けるな。戦地で手柄を立てよう。栄光は君たちのものだ』

しばらくして、別の男が三郎の横に立った。

『皆さん、俺を見てくれ。この胸にあるのは何だと思う。勲章だ。この勲章と引き換えに俺は左腕を失った。傷ついた者は、俺だけにとどまらない。皆さんの近くにも傷に苦しんでいる人がいると思う。俺たちの仇を討ってくれ。だけど、仇は大漢国ではない。戦争そのものだ。俺の横にいる三郎君は臆病者だ。本人がそう言っているから、間違いはない。けれど、彼は臆病だが、卑怯者ではない。卑怯者なら、みんなの前で、戦争をやめようなどと政府ににらまれることなど出来ない。だけど、彼はそれを堂々としている。卑怯者は、自分は安全なところにいて、仲間を戦場に送り出す奴だ。俺は戦場を嫌というほど見てきた。戦場には悲劇があるだけだ。それは、我が国でも敵の国でも起こり得る。俺の言いたいことはこれだけだ。君たちには親しい女性はいないのか？　いたら是非話し合って欲しい。彼女たちが何を望んでいるのかを』

戦火は人々の思いとは別に、拡大の一途をたどった。倭国軍は、徐々に勢いを失っていたが、見かけ上は勇ましく前進しているように見えた。兵士の損耗は大きくなり、兵士不足が目立つようになった。また、大漢国に攻め入っている軍の勢いを維持するために、ついに多くの反対を押し切って徴兵制が採用された。新しく召集された兵士のための装備が必要になる。軍服、ヘルメット、銃、弾丸、食料、医薬品など膨大な品々が国中から集められた。兵士に狩り出されたために、農村では働き手が不足し、工場の操業も落ちてきた。物資は、まず軍がかき集める。その分だけ、市中に出回るものが少なくなり、物価が高騰した。それだけではない。軍にくっついている者の中には、その地位を利用して暴利をむさぼる者も出てきた。これらのしわ寄せは生活弱者にのしかかる。そして、戦死者と戦傷者の増加は、生活弱者そのものを増やし続けている。

言論統制が厳しくなった。政府の施策に反対する者は、容赦なく逮捕された。自説を曲げない者は、反逆罪に問われ、簡単な裁判で、刑務所に送られた。三郎が警察に呼び出されたのは、こんな状況の中であった。大京市の大学前での演説が問題視された。誰かが密告したのだろう。三郎は説を曲げることを求められたが、断り続けた。島本県の一也知事や、かつての上司、同僚たちが三郎の擁護に駆けつけたが、裁判では懲役二年が言い渡された。反逆罪にしては刑は軽いものであった。それは、島本県知事以下の人々の訴えが判決に反映されたものと思われた。

刑務所は青杜県にある政治犯専用の刑務所に決まった。

刑務所に護送される前日、弥生の訪問があった。

弥生も三郎も何を話したら良いか分からなかった。二人が初めて会った時のこと。ダンスパーティのこと。湊町のハイキングのこと。野暮天さんへの手紙のこと。三郎が『いつか結婚してくださいい』と言ったこと。思い出話がどんどん湧き上がってくる。面会時間が過ぎていく。

弥生が言った。「三郎さん、貴方本当に変わったね。こんなに強い人だとは思わなかったわ。寒いところらしいから体に気をつけてね。あと二年、待っているからね。手紙をいっぱい書くね。三郎さんも手紙を送ってね。私のことは心配しないでいいよ。もう帰るね」

二人はガラス越しに手を合わせた。

本当に二年後に会うことが出来るだろうか。二人はその不安を封印した。

　戦火はとどまる兆しを見せなかった。徴兵制で新たに動員された戦力のおかげもあり、戦況はまた倭国に有利になっていた。大漢国の首都に向かう街道に面した村々は、人影もなく、略奪に遭い、荒れ果てていた。住民は一体どこに行ったのだろう？　どうやって暮らしているのだろう？　多くの命が奪われたことは間違いない。倭軍にも被害が広がった。少ない食料。不慣れな気候、散発だが絶え間なく襲いかかってくる大漢国の兵士との戦い。兵の中には厭戦《えんせん》気分が蔓延《まんえん》し出した。

　そのような状況の中、ついに大漢国の首都が陥落した。首都陥落の直前、大漢国の王族、貴族、高級官僚たちは、悲嘆にくれている国民には目もくれず、大漢国の南西にある、王族の避暑地に逃亡し、仮の首都と定めた。大漢国の国民はこれを見て、王家に対し大きな不満を抱いた。

　一方、倭軍では、兵士にはひと時の休息が与えられた。そして、兵士の間には「これで、故郷へ帰ることが出来る」との小さな希望がともった。

　倭国国内では、戦勝の報に沸きあがっていた。国民の多くはこれで戦争は終わると期待した。

しかし、多くの人の希望とは別に政治の世界は動く。好戦派は活気づき、さらなる戦果を求めた。

倭国の政治とは別に、世界の各国の戦争に対する意識は変わっていた。理由の一つは、大漢国の惨状が各国の記者によるレポートにより知らされたからである。同情は大漢国国民に寄せられていた。

悪い事に、飢饉が大漢国を襲った。戦争による国土の荒廃がなければ、農村に若い男がいたのなら、なんとか乗り越えることが出来たであろう。大漢国には食べ物を求める難民があふれている。このことが、近隣の国々に影響を与えた。世界は、停戦の気運に傾いていた。アメリゴ共和国が停戦の斡旋に乗り出した。

倭国は、停戦の条件として、領土の一部割譲と莫大な賠償金を要求した。大漢国には倭国の要求に応える力がない。時間だけがいたずらに過ぎていく。

首都陥落後に逃げ惑う大漢国の敗残兵を追って、倭軍は進軍を続けた。その進軍は苛烈を極め、軍が通りすぎたあとには廃墟だけが残った。

そんな時、大漢国に、英雄が現れた。五十歳台前半の大男。名前を熊猫（シェンマオ）という。山奥に住む霊獣を意味し、疲弊した大漢国民の希望となっている。

ある地方の山岳地帯で倭軍に追い詰められていた大漢国の農民兵に、突如、熊猫が現れ、倭軍との戦いに参加した。熊猫は得意満面の倭軍の部隊長に素手で飛びかかり、一瞬の間に部隊長を殴り殺した。大漢国民の間で歓声が沸き起こった。

熊猫は熊のように獰猛で、猫のように敏捷だった。それよりも熊猫は、国の地形を熟知し、その戦略は巧妙を極めた。彼の下に集まる農民兵は、もう失うものがなく、どんな困難にも耐え、勇敢だった。

大漢国の各地で、最初は山奥の地方で、倭国軍が一旦確保した占領地を農民兵が奪い返していた。地方から地方へ、地方から都市へ、熊猫軍は貧弱な武器を手に進軍を続けた。当然、倭国軍の兵士に大きな損害が生じる。戦死者、戦傷者が増える。戦傷者は逃れるように故郷に帰された。

倭国の心ある人間の間には、この戦いが、無意味で、悲惨なものだとの認識が広まった。停戦の主張を唱える中心人物は、島本県の元知事の一也だった。かつての三郎の上司である。停戦を主張する元知事の下には、戦傷者とその家族が集まった。来月行われる選挙には、この元知事の下に、停戦派の候補が集まった。

選挙結果は大方の予想に反して、停戦派が大勢を占めた。停戦派の元知事・一也を首班とする内閣が生まれた。

国内は、一気に停戦に向かった。

大漢国では、小さな戦の勝利を重ね、国民としての自信を取り戻していた。同時に、この戦争を引き起こし、適切な軍事作戦も打てず、国土の荒廃を傍観していた政府に対する不満が噴出した。これは、昨今始まったことではなく、大漢国の政界を牛耳っていた王族、貴族と、頑迷な役人の無能がもたらしたものと、民衆の間に広まった。激怒した民衆は、怒りの矛先を、王族、貴族、役人に向け、内戦の様相を呈し出した。外敵に向けるべき銃口が内部に向けられ、国の存亡の危機に直面した。

熊猫は、民衆の怒りをあおることはしなかった。民衆の前に、体を投げ出し、鉾を収めるよう説得した。

『皆、銃を下ろせ。ここで血を流しても、倭軍には痛くも痒くもない。むしろ喜ぶだけだ。王族や貴族は結局、国を離れ、世界を流浪するだけだ。ここで銃弾を使うくらいなら、倭軍に向けよう。それでも、怒りが収まらないなら、まず、わしを殺せ』。熊猫は民衆を説得した。熊猫は、それまでに上げた武勲と、自分の身の危険を顧みず、味方、部下を励ます姿が、怒れる民衆の間でも好感をもって語り継がれていた。まさに、山上から降臨した聖なる存在とみなされている。

大漢国は壊滅的危機をやり過ごすことが出来た。王族、貴族は身一つで国外に脱出することが認められた。事実上の無血の革命が成就した。民衆の力は、外敵に向けられ、次々と占領地を開放する成果を挙げた。

これを機に、大漢国民の中にも、敵国に攻め上がろうという強硬意見もあったが、大多数の国民は戦争に飽いていた。戦争を終えさせ、新しい政府の下に国土復興をしようとの意見が、大多数の民衆の賛意を受けていた。新しい政府が樹立された。首班には当然熊猫が就くものと期待されていたが、熊猫は頑としてその地位を固辞した。『わしは、山の民にすぎない。山の小さな村の村長は務まるが、この大きな大漢国を治める知恵も力もない。

今必要なのは、古い因習にとらわれぬ若い心と頭脳だ』。熊猫はこう言い残して、故郷に去っていった。

幸いな事に、熊猫の下で、作戦を練り、戦闘にあたり、ばらばらな民衆の言い分をよく聞き、まとめ上げる訓練をつんだ若者集団が残っていた。熊猫が不在でも新政権の運営は順調だった。

倭国の状況は、大漢国より好ましいとは言えなかった。

政権は交代したが、その支持基盤はまだ脆弱《ぜいじゃく》であった。国民の意識はまだ戦争に勝っているとの認識から抜け出せていなかった。しかし、戦地から戻ってくる戦傷者の口から、戦地の状況が思っていたものとは異なっていることに気付き、愕然《がくぜん》となる者が増えた。

戦傷者が異口同音に話す内容に、必ず出てくる将軍の名前があった。その名は熊猫将軍。熊猫将軍は単に勇猛で戦い上手だけの将軍ではなかった。その巨体と鋭い眼光にもかかわらず、民衆に好かれている。特に子供たちの間での人気は絶大であった。まさに天が苦しむ民に与えた神獣、聖獣とみなされ、本来敵方である倭国軍の中にも敬い恐れる者も少なくなかった。

もうこの戦争は勝てないのではないかとの重苦しい空気が国民の間に広まり出した。

新政権は、重苦しい雰囲気を払拭するために、政治犯の保釈を決定した。この戦争に反対し、国賊とまで罵倒《ばとう》された人々が開放された。実は、国賊の名を負って獄に留め置かれていた者は、予想以上に多数に上っていたことが判明した。出獄した者たちは獄中にあっても、戦争の推移はよく分かっていた。そして戦争をやめさせるために何をすべきかと考えてきた者が多くいた。

その中に、三郎がいた。かねてから島本県県庁での働きぶり、生活保護申請受付時の対応ぶり、そして何よりも疑問点があれば、自分の能力の不足を素直に認め、解決策を求められる姿勢が、かつての島本県知事の目に留まっていた。三郎は体を休める間もなく、新政府の官僚に抜擢された。役割は、かつて経験のない難問だった。停戦気分が湧き起こっている今、その気分を全国民の意思にまとめるとの課題であった。好戦派の勢力はまだ侮れない勢いを維持していた。好戦派の一部には、停戦を訴える三郎たちを国賊とののしり、殺害しようとの危険な者もいた。二分された国論をまとめ上げる難問に三郎はたじろいだ。三郎を応援する者たちがいた。一人はいわずと知れた弥生だった。三郎が活動拠点とする大京市と弥生が働く下津市は列車を乗り継いでも八時間を要する。しかし、距離はなんら問題ではない。二人の間には強い絆があった。二人は、事あるたびに手紙を書き、お互いの意見を交換していた。

多分、その手紙は、後年、往復書簡として世に出るものと思われるほどであった。

もう一方の応援者は、全国戦傷者の団体と戦死者の家族団体で、心底戦争の一刻も早い終焉を待ち望む人々で、各地でデモが起こった。そのデモの先頭には至の姿があった。

北からある噂が流れてきた。敵国である大漢国に、民衆の絶大な信頼を得ている、伝説の将軍がいる。その将軍も停戦に向けて国内世論をまとめ上げているとのことだ。将軍の名は熊猫（シェンマオ）といった。

三郎から弥生への手紙の中に、この熊猫将軍のことが書かれていた。

すぐさま弥生から返事があり、弥生の父・靖男が捕虜収容所にいた時の収容所の所長をしていた大男がいて、その名を熊猫と呼ばれていた。そのことが三郎に手紙で知らされると、三郎は不思議な縁を感じた。そして、三郎は、この熊猫将軍の存在に一縷《いちる》の望みを抱いた。

第十章　和解・新しい時代に

北の大地に春が訪れた。梅の花が咲き、早春の匂いを振りまいている。大漢国と倭国の間に流れる大河の中洲に両国の首脳が集まった。長く続いた戦争の終了を確認する会議であった。

両国の代表は、それぞれの政府から派遣された、見るからに優秀な官吏である。国を代表していることを誇りに思うと同時に、これから始まる交渉の重大さに押しつぶされそうな表情をしていた。

議題は二つ。

一つは国境をどこに定めるか。

二つ目は損害賠償をどうするかであった。

会議は紛糾した。停戦調停にオブザーバー参加していたアメリゴ共和国の使節団も、双方譲らずに会談決裂もやむなしという強硬派の主張にあきれていた。両国交渉団の中に、静かに論争を聞いている人間が二人いた。倭国側にいた男が静かに立ち上がり、落ち着いた声で語り出した。

『皆さん論点は二つあります。二つを同時に論じるのは時間の無駄に思えます。一つずつ片付けましょう。国境をどうするかの方が容易と思います。こうしましょう。国境は今回の紛争が始まった時点の国境を、改めて国境とする。歴史を見れば、約三百年前にも同じような紛争があったと記されています。その時は、双方今回と同じような意見対立があり、交渉成立までに、三年も必要としました。その間に、戦争は継続され、また多くの人が死に、双方の国土は荒れに荒れはてました。そう歴史書には書かれています。その愚かな歴史を繰り返しますか？　歴史に学びましょう。問題は、大漢国側に住む、倭国系の住民をどうするか。反対に倭国側に残る大漢国系の住民をどうするかです。これはそれぞれの住民の意思を尊重する。それぞれの国に帰るか、残って自治区を作って暮らすか。まず第一は住民の意思を尊重することです』

発言したのはまだ二十代半ばの青年で、名は三郎といった。

三郎の発言は『若造が何を言うか』と双方の交渉団に無視された。

そして、またもや、この戦争を起こした責任問題と、損害賠償の問題が蒸し返され、険悪な雰囲気になった。

しばらくすると、大漢国の交渉団の後方から、大男が静かに立ち上がり、大漢国交渉団の全員の顔を無言で見つめた。最初は誰もその男に気付かなかったが、一人、二人と気付き、口を閉じた。大男は、倭国の交渉団へも目を向けた。

男はおもむろに口を開いた。

『若造が何を言うかと、あなた方は言った。しかし、何時間を費やしても、この若造の意見よりましな案、双方が納得する案は生まれていない。率直に認めよう。我々大人は合意を形成出来なかった。どうせ我々大人は若者より先に死ぬ。もう、若者に任せよう。それが失敗したなら、責任を問われるのは、この若者だ』

大男はまた続けた。

『損害賠償？　そんなものどうでも良い』

そして双方の交渉団の長に向かい、

『貴方は、戦場を見たことがあるか？　今そこに暮らしている人々と言葉を交わしたことはあるか？　わしは、嫌というほど戦場で何が行われてきたか見てきている。そして、軍隊が、兵隊が去ったあとに、何が残ったかを見てきた。その戦場は、大漢国側のものも、倭国側のものも見てきて、民の悲しみと苦衷は同じだった。わし以上に戦場を見た者はいないだろう。冷静に見れば、首都まで攻め込まれた大漢国の被害が大きい。多くの多くの悲劇があった。民は今もなお苦しんでいる。この苦しみをもたらした相手に対し、激しい怒りを抱いている。それは事実だ。その上で言う。損害賠償権は放棄しよう。大漢国民は何よりも平和を望んでいる。まだ納得出来ないようだな。それならこうしよう。会談を中断して、この国境近くの激しく破壊された大漢国側の戦場跡と、集落跡を見に行こう。倭国側の人は身の安全を心配されるかも知れない。大漢国国民の中には、まだ恨みの火が消えていない者がいるのも事実だ。だが、心配は要らない。わしが皆さんの前を歩く。わしの姿を見れば、恨みを抱えた者も何もしないだろう。そうではないか？　大漢国の交渉団長、そう思わないか？

そしてアメリゴ共和国の調停委員の皆さんは見守っていて欲しい。そして、両国の代表団が、戦場を見て、感じ、双方合意形成に努力したことを記録に残して欲しい。今回のような紛争は、ここだけでなく、世界各地に起こり得る。ここで行われたことを、あなた方の口から、全世界に伝えて欲しい。新しい歴史が生まれる瞬間に、私たちはここに集まった』

『老将軍、貴方の意見に賛同します』。
大漢国の交渉団長が口を聞き、倭国交渉団長を笑みと共に見やった。
倭国交渉団長は、深々と頭を下げ、微笑み返した。

大漢国の戦場跡を視察した交渉団の長は、『ひどいですね。こんなに荒らされているとは思ってもいませんでした。個人的意見としては、被害の少ない方から被害の大きい方に損害賠償するのが良いと思いますが、帰国して、その案を国民に納得させるのは、きわめて難しいでしょう。なにか別の案を考えてみます。例えば、復興のために我が国から有志をつのって、労働奉仕をするとか』

『あまり無理をするな。気持ちだけで充分だ』。大男が答えた。

交渉は、三郎が主張した案に落ち着いた。そして、この決定が未来も守られるよう、新たな提案が出た。

すなわち、ここ国境の大河の中にある中州を不戦の場と定め、不戦の誓いを守るための、教育機関を作り、両国それぞれから、将来を嘱望《しょくぼう》される若者を集め、共に学ぶ場を設置すると。

交渉団はそれぞれ、帰国した。彼らの胸には、交渉結果に満足しないであろう国民への説得という困難な課題があることを認識していた。しかし、今回の合意を得られたことを誇りに思っていた。

交渉会場を離れる時、大男が三郎の前に来て、武骨な手で三郎の肩を叩いてニヤッと笑った。そして、『お前これから苦労するぞ』と脅した。

三郎は、大男を真正面から見て『貴方が熊猫将軍ですね？』

大男は否定しなかった。ただ『将軍は要らない。シェンマオだけで充分だ』

『シェンマオさん、もしかしたら靖男という人をご存知じゃないです？』

『靖男か、一人だけ知っている。それがどうした？』

『私の婚約者の父上です。靖男さんは、先の戦争の時に、捕虜となり、炭鉱で働き、体を壊し、亡くなられました。靖男さんがひそかに書き残した妻への手紙があります。手紙は投函されることはなく靖男さんの背嚢の中に隠されていました。死後、妻の千代子さんの元に届きました。書き残した手紙の中に熊猫という人のことが書かれていました』

『そうか、そんな事があったのか。本当に奇遇だな。婚約者！　どんな人だ？　結婚するのか？』

『はい、素晴らしい人です。私にはもったいない人です』

『それはおめでとう。結婚はいつ？　どこで？　その女性の名前は？』

『ありがとうございます。彼女の名前は〝弥生〟。倭国の古い言葉で春三月を意味します。あっ、今日は三月三日、弥生さんの誕生日だ』

『うかつな男だな、お前は。お前はいくつになる？』

『二十六歳です、弥生さんは二十四歳です』

『丁度良さそうな年齢だな。明日にでも結婚したらどうだ?』

『そうします。さっそく弥生さんに相談します』

『お前は、そんな事も一人で決められないのか?』

『そうです。僕は昔から優柔不断と言われていました。また臆病者とも言われています』

『自分で優柔不断と言うのか。臆病者は恥じることはない。靖男も自分のことを臆病者と言っていた』

『そうですか。靖男さんが』

『わしはこう思う。人間は、卑怯でなければ、優柔不断でも、臆病でもかまわない。むしろその方が良い、戦争を始める奴は、勇敢で、それを誇りにしている奴らだ。そういう奴らは、戦争を終わらせることがひどくへただ。ところでお前の名前は?』

『三郎です』

『いいことを教えてあげよう。我が国の言葉では、妻のことを〝我的愛人《ウォーターアイレン》〟という。本当の意味は〝私の愛しい人〟だ。いい言葉だろう。出来れば結婚式にわしを招待してくれるか？』
『もちろんです』

終わり

〈著者紹介〉

土岐 傑（ときすぐる）

昭和19年1月　東京で生まれる。

昭和39年　愛媛大学文理学部入学。1学年下の同じく愛媛大学文理学部の池見節子と知り合う。

昭和43年　自動車メーカーに就職。情報処理、生産管理部門、人事部門、輸送会社に経営出向後退社。

昭和46年　池見節子と結婚。二人の子供と5人の孫に恵まれる。

我的愛人《ウォーダーアイレン》

2023年5月30日　第1刷発行

著　者　　土岐 傑
発行人　　久保田貴幸

発行元　　株式会社 幻冬舎メディアコンサルティング
〒151-0051　東京都渋谷区千駄ヶ谷4-9-7
電話　03-5411-6440（編集）

発売元　　株式会社 幻冬舎
〒151-0051　東京都渋谷区千駄ヶ谷4-9-7
電話　03-5411-6222（営業）

印刷・製本　中央精版印刷株式会社

検印廃止

ISBN 978-4-344-94501-2 C0093
幻冬舎メディアコンサルティングＨＰ
https://www.gentosha-mc.com/